RECLAM-BIBLIOTHEK

In diesem 1993 entstandenen Werk schreibt Hanns Cibulka, geb. 1920, über eine Reise in die Landschaft seiner mährisch-schlesischen Heimat, die er knapp ein halbes Jahrhundert zuvor verlassen mußte. Die aufgerufenen Erinnerungen sind poetisch verwoben mit nachdenklichen Betrachtungen über die gegenwärtigen Verhältnisse in Deutschland. Gefragt wird nach den wirklichen Werten menschlichen Lebens, nach »Daseinsvertiefung« jenseits kurzsichtigen Gewinns.

Hanns Cibulka erlernte den Beruf des Handelskaufmanns und erlebte den Zweiten Weltkrieg von Anfang bis Ende als Wehrmachtssoldat. Nach der Übersiedlung nach Thüringen und einem Studium an der Bibliothekarsschule wirkte er zwischen 1953 und 1985 als Leiter der Stadt- und Kreisbibliothek Gotha. Für seine literarischen Arbeiten erhielt er zahlreiche Preise: Louis-Fürnberg-Preis (1973), Francesco-de-Sanctis-Preis (1978), Johannes-R.-Becher-Preis (1978), Kulturpreis der Stadt Gotha (1979), Diploma di merito Accademia Italia (1982), Prof. h. c. Universität Florida (1988), Sudetendeutscher Kulturpreis (1991).

Hanns Cibulka

AM BRÜCKENWEHR

Zwischen Kindheit und Wende

RECLAM VERLAG LEIPZIG

ISBN 3-379-01490-7

Reclam-Bibliothek Band 1490
1. Auflage, 1994
Reihengestaltung: Hans Peter Willberg
Umschlaggestaltung: Matthias Gubig unter Verwendung einer Tuschezeichnung von Ernst Schroeder: Spaziergänger auf der Brücke
Printed in Germany
Satz: Fotosatz und Reproduktion Limbach-Oberfrohna
Druck und Binden: Offizin Andersen Nexö Leipzig GmbH
Gesetzt aus Stempel-Garamond

Für Christa

Wir sind auf doppelte Weise
verloren und geborgen

Goethe

Es war kurz vor Mitternacht, als der Personenzug Olomouc–Krnov mit sechzig Minuten Verspätung in den Bahnhof meiner Vaterstadt einfuhr. Hinter Bruntál hatte es einen Schienenbruch gegeben. Als ich ausstieg, sah ich am Zugende einen Rangierer stehen, der in Kopfhöhe eine rote Bahnhofslaterne hin und her schwenkte.

Es war immer noch der alte unwirtliche Bahnhof, langgestreckt. Auf dem Vorplatz kein Omnibus, keine Taxe, alles war trist und leer. In meiner Kindheit standen hier immer ein paar Fiaker mit schwarzem glänzendem Verdeck.

Über der Stadt hing eine dunkle Wolkendecke, es nieselte. Der Burgberg mit der Marienkirche war als Silhouette kaum auszumachen. An der Hauptstraße die alten mürrischen Wohnhäuser aus der Kaiserzeit, da und dort ein kleines gelbes Rechteck, das erleuchtete Fenster einer Wohnung, die Nebenstraßen ein dunkler Schlund.

Als ich im Hotel »Moravia« ankam, der Regen hatte nachgelassen, brannte im Restaurant nur noch die Notbeleuchtung. Die Turmuhr schlug eins.

Die Fahrt über das Gebirge hatte Erinnerungen geweckt, bis in den Schlaf hinein hörte ich den Schaffner die einzelnen Stationen ausrufen: Ondrašov, Lomnice, Zátor, vor meinen Augen die Flußlandschaft der Schwarzen Oppa …

7. September

Es ist sieben Uhr früh, ich stoße die Fensterläden auf. Vor meinen Augen ein großer stiller Platz, keine Bäume engen den Rundblick ein, einen Steinwurf weit entfernt die Pfarrkirche Sankt Martin. Rabenvögel umfliegen die Türme, ein großer schwarzer Pulk, schreiende Punkte, dazwischen ein paar Albinos.

Irgendwo im Garten meiner Kindheit treibt sich eine Dohle herum, ich höre ihre Schreie bis in das Zimmer …

Über dem Sofa hängt eine Landkarte, ein alter Stich, verglast, es sind die Fürstentümer Troppau und Jägerndorf in Oberschlesien. Ich wandere mit den Augen vom Freudenthalischen District zu dem Fürstentum Ratibor, vom Markgrafentum Mähren zu dem Fürstentum Neiß. In der rechten unteren Ecke der Karte finde ich die Erklärung der Zeichen: Städte mit Mauern, Dörfer mit Kirchen, Klöster, Kapellen, aber auch die Bischofssitze sind eingezeichnet, die im Namen ihrer Heiligkeit regieren.

Beim Mittagessen wage ich dem Kellner gegenüber ein paar tschechische Sätze. Ich bin bestürzt, meine Sprachkenntnisse zeigen erschreckende Lücken.

Im Gegensatz zu meinem Vater habe ich die tschechische Sprache niemals perfekt gesprochen, ich konnte mich in den Sprachgeist der Tschechen nicht hineindenken, ihre sieben Fälle machten mir Schwierigkeiten. Wie oft habe ich in den Sommerferien an einem Schüleraustausch teilgenommen, Jahr für Jahr schickten mich meine Eltern vier Wochen lang zu einer tschechischen Familie in die Znaimer Gegend. Aber auch diese Mühe hatte wenig Erfolg, die tschechischen Sätze kamen niemals von selbst, ich mußte sie immer erst herbeidenken, aus dem Deutschen ins Tschechische übertragen.

Am späten Nachmittag gehe ich hinüber in den Kreuzgang, eine offene Wandelhalle, ohne Verglasung. Es ist ein heiteres Bauwerk, viereckig angelegt, vollkommen in seiner Einheit. Alle sieben Schritte ein Säulenschatten. Unter einer Kreuzrippe bleibe ich stehen, bröckelnder Schlußstein, beschädigte Kelchblattkapitelle. An der Wand steht ein großer hölzerner Zirkel, Meßlatten liegen auf dem Boden, da und dort hat man Zahlen an das Mauerwerk geschrieben, ganze Mauerstreifen wurden freigelegt, unter dem abgeschlagenen Mörtel alte Wandmalereien. Vor fünfzig Jahren gingen hier noch die schwarzen Franziskaner ein und aus, Ordo fratum minorum conventualium, man hat sie die Minoriten genannt, Klosterbrüder mit niedrigem Weihegrad.

Zwischen den Säulen haben Kreuzspinnen ihre Netze gebaut, selbst für ein scharfsichtiges Auge sind die dünnen, unscheinbaren Fäden nur schwer auszumachen. Mit mörderischer Wachsamkeit beobachten sie aus einer Ecke heraus ihr Gespinst, ein Werk voller Schönheit und Schrecken zugleich.

Ich hole mir aus meinem Zimmer die Lupe. Die beiden Körperteile der Kreuzspinne sind ungegliedert und nur durch einen kurzen Stiel miteinander verbunden. Das Kopfbruststück trägt die Augen, die Kieferfühler und die vier Beinpaare. Die Kieferfühler bestehen aus einem kräftigen, innengezahnten Grundglied und einer einschlagbaren Klaue, die einem Menschen, wenn er sie in zehnfacher Vergrößerung sieht, Angst einjagen kann.

9. September

Wozu habe ich die Reise überhaupt angetreten? Ich wollte gar nicht in meine alte Heimat, in diesen mährisch-schlesischen Raum, ich wollte für ein paar Tage hinüber ins Böhmische, ein paar Tage untertauchen, die Jahre der Wende hatten mir zugesetzt. Nun muß ich versuchen anzukommen …

Den halben Vormittag schlendere ich durch die alten Gassen meiner Vaterstadt. Sie machen nicht viel von sich her, sind eng aneinandergereiht, eine geht still in die andere über. Auf beiden Seiten fensterlose Mauern, aus denen der Mauerpfeffer wächst. Hier scheint die Zeit stehengeblieben zu sein. Unter den Schwibbögen flattert wie einst die Kinderwäsche an den Schnüren, setzt der Wind aus, nimmt man den Geruch von Flußwasser wahr. Und plötzlich sind auch die alten Namen wieder da: Wassergasse, Mühlbachgasse, Schanzengasse.

Ich gehe aus der Altstadt hinüber auf den Markt, sehe in den Obstgeschäften die aufgeschnittenen Wassermelonen liegen mit ihrem feuerroten Fruchtfleisch, den schwarzen Kernen, dunkelblau die mährische Weintraube. Aus einem Kindergarten stürmt eine Horde schreiender Kinder auf mich zu, durch die geschlossenen Fenster der Realschule höre ich die Pausenklingel schrillen, und die Briefkästen an den Häusern, mein Gott, sind immer noch blau.

Irgendwie hat sich die Stadt verändert, obwohl neue Gebäude kaum hinzugekommen sind. Da und dort erkenne ich die alten Häuser wieder, den Laubengang, das Schloß, doch die Dinge sehen nicht mehr so aus wie einst, eine Fremdheit ist da und doch zugleich ein Zuhause, das von keinem Fremdsein aufgehoben werden kann. Hoch über den Dächern zeigt die Kirchturmuhr groß die Zeit an.

Ich schmecke die Bitterkeit, die sich beim Wiedersehen mit meiner Heimat auf die Zunge legt.

Meine Vaterstadt gehört nicht zu den Städten, die auf eine jahrtausendalte Geschichte zurückblicken, hier gibt es keine steinernen Substruktionen, Kirchen aus dem elften oder zwölften Jahrhundert, keine Burg, keine Wassergräben. Auch die Natur ist sparsam mit ihr umgegangen, die Stadt liegt weder an einem See noch im Windschatten schneebedeckter Berge, aber dafür hat sie ein prächtiges Stadtwappen, drei goldene Hörner auf tiefblauem Grund. Meine Großmutter hat mir wiederholt erzählt, daß diese Hörner immer nur dann ertönen, wenn der Stadt Gefahr droht, durch einen Hornstoß werden die Schläfer nachts aus dem Schlaf gerissen. Das letzte Mal hörte man sie im Herbst 1938, als der Anschluß an das Deutsche Reich bevorstand.

Die Stadt liegt flach in der Landschaft, im Norden und Osten das Ackerland, im Westen die Gebirgskette. Die Flußauen tragen Spuren der Nutzung, es gibt Kiesbänke, Altwasserschlingen, kleine Inseln, groß genug für einen Knabenfuß. Entlang der schlesischen Grenze die blitzende fischreiche Goldoppa. Man trieb das Vieh an die Tränke, die Pferde in die Schwemme, an den Feldrändern liegen heute noch Hügel aus Lesesteinen, reich konnten die Bauern nicht werden, so fett war die Scholle nicht. Für die Kunst war wenig Raum, kein poetischer Boden.

Die Stadt ist schmucklos, sie zog nur selten die Phantasie des Knaben auf sich. Die Pfarrkirche mit ihren zwei ungleichen Türmen ist nicht sehr alt, sechzehntes Jahrhundert, keine Stilkennzeichen, glattes Mauerwerk, und im Kirchenschiff sucht man vergebens nach einem geschnitzten Chorgestühl, nach ein paar alten Fresken.

In den Kirchenbüchern wurde so manches festgehalten, auch im Grundregister. Die Sprache wechselte, tschechisch, deutsch, doch die Mehrzahl der

Eintragungen sind in Latein. Lateinische Prägnanz, da gibt es wenig Irrtümer. Die Menschen in dieser Stadt wurden nur selten vom Schicksal verwöhnt, ja selbst ihre Münze, das Gröschel, sah es nicht aus wie ein schiefgetretener Absatz? Die geographische Lage hatte einen Menschenschlag geformt, fleißig, bescheiden, bewahrend, eine gebirglerische Tüchtigkeit. Hier haben die Tuchmacher dem Adel in Prag gezeigt, was sich aus einem gesponnenen Wollfaden alles machen läßt, da ist der Kammgarn, der Velour, der leichte wetterfeste Loden, für die heißen Sommertage der Lister und für die Wintermonate der schwere doppelseitig gewebte Mantelstoff für den Herrenpelz.

Die Stadt hat nie den Versuch unternommen, zu einer ehrgeizigen Metropole aufzusteigen, sie lag immer unterm Wind, abseits. Geschichte wurde hinter ihren Mauern kaum gemacht, vieles blieb im Fragmentarischen stecken. Gewiß, auch hier gab es Arbeiter, Bauern und Fabrikanten, Geschäftsleute, Hufschmiede, Korbmacher und Wagner, die Stadt hatte eine Orgelfabrik, eine Eisengießerei und weit über zwanzig Tuchfabriken. Man konnte viel aus den Worten der Menschen heraushören, sie haben nichts beschönigt, nichts hinzugefügt, und doch hatten sie die Begabung, dem Leben stets die bessere Seite abzugewinnen. So kam es, daß die schweren Dinge allzuoft ungesagt blieben, man wich den inneren Krisen aus, begnügte sich mit der Balance. In diesem Land gab es mehr Frömmigkeit als drüben in Preußen und deshalb auch mehr Menschlichkeit. Man vertraute auf die Fähigkeit, die man seit Generationen an die Kinder weitergab: leben und leben lassen.

Die Hungerjahre kamen erst später, nach dem Krieg, in der Fremde. Man teilte sich den Brotlaib ein, bis hierher darfst du essen, nicht weiter, dieses Stück gehört dem Montag, das andere dem Dienstag. So hungerte man sich durch die Zeit, für die Länge des Tages ein Brotstück, nicht breiter als eine Kinderhand.

Diese Stadt trug mich durch die Jahre, ich konnte sie ein Leben lang nicht vergessen, so hob ich sie mir auf bis zum heutigen Tag.

Am späten Nachmittag gehe ich zum Vespergottesdienst hinüber in die Pfarrkirche. Am Hauptaltar eine Lichterflut brennender Kerzen, und plötzlich sind sie wieder da, die Friedensgebete in der Nikolaikirche zu Leipzig ...

... es war September, ein warmer Nachsommer lag über dem Land, ich war auf dem Weg durch den Clara-Zetkin-Park in die Stadt. Viel Grün, das Harz an den Bäumen roch gut, in den umliegenden Häusern blitzten die Fensterscheiben, von den Balkons hingen blühende Schlingpflanzen herab.

Was ist das nur für ein Tag, fragte ich mich, als ich gegen Abend die Nikolaikirche betrat. Das Kirchenschiff war voller Menschen, und ein jeder hatte in seiner Hand eine brennende Kerze. Es waren Haushaltskerzen, Teelichter, sie brannten unruhig, flackerten, qualmten, und wo die Wachsmasse mit

Wasser stark durchsetzt war, loderten sie mit einem unausgesetzten Knattern. Eine Taschenschere ging von Hand zu Hand, um die rauchenden Dochte zu stutzen. Auch Touristen waren in der Kirche, Schaulustige, man hatte im Rundfunk von den Montagsdemonstrationen in Leipzig gehört, man wollte sie selbst einmal erleben, dabeisein.

Das Kirchenschiff glich durch die vielen brennenden Kerzen einem hohen festlichen Raum, etwas geheimnisvolles war hier mit im Spiel. Auch vom Altar her kam ein Glanz, es war das satte Gold der Leuchter. Im ersten Augenblick dachte ich, ein verspäteter Lichtersonntag hätte sich in die Kirche verirrt, doch es war September, ein Montag, der Tag der Friedensgebete.

Ich erinnere mich noch heute an die Gesichter der Menschen. Da gab es Frauen, die hatten ein Lächeln auf den Lippen. Träumten sie von dem verheißenen Land ihrer Väter? Mir schien, als wollte das Licht auf den Gesichtern der Menschen zu atmen beginnen.

Nach dem Gebet wurde das Portal der Kirche aufgestoßen, durch die geöffnete Tür strich der Abendwind herein und drückte die Flammen für einen Augenblick nieder. Hunderte von Menschen gingen mit brennenden Kerzen in den Händen hinaus auf die Straße, um zu demonstrieren, und plötzlich sah ich in den Gesichtern der Männer und Frauen das Antlitz der deutschen Romantik aufleuchten. Schlagartig wurden an den Kirchtürmen die zuckenden Flammen der Elmsfeuer sichtbar.

Die Demonstrationen entwickelten sich nicht logisch-konstruktiv, sie waren wie ein Sog. Keine Steinwürfe, keine Molotow-Cocktails. Am kommenden Tag gingen die Menschen pünktlich wie immer ihrer Arbeit nach, die Post wurde ausgetragen, Pakete wurden in Empfang genommen, Telegramme aufgegeben, am späten Nachmittag setzte man sich für eine Stunde in die Kneipe, spazierte am Abend durch die Innenstadt.

Die Septembertage von Leipzig hatten etwas Schwebendes, das mir bis heute unter den Händen hinweggleitet ...

12. September

Auf meinem Sofa sitzt eine Katze, es ist Ludmila, die Hotelkatze, sie hat Freundschaft mit mir geschlossen.

Ludmila hat ein dickes, schwarz-weiß geflecktes Katzenfell, der Schwanz ist pechschwarz, die Nase weiß, die Lippen, soweit man bei einer Katze von Lippen überhaupt sprechen kann, sind hellrosa. Sie hat einen Minirachen, eine Perlenkette kleiner weißer Zähne. Unberechenbar sind ihre beiden Vorderpfoten, blitzschnell schlagen sie zu. Zweimal mußte ich bereits hinunter an die Rezeption, zum Verbandskasten.

Wie geruhsam es sich an den Ufern der Schwarzen Oppa entlanggeht, über die alte hölzerne Brücke hinweg in Richtung »Insel«. Hier hat sich die

Schwarze Oppa oberhalb des Wehres geteilt und fließt im Süden, einen Flintenschuß vom Wehr entfernt, wieder zusammen. Das Stück Land, das zwischen den beiden Flüssen liegt, wo einst eine Tuchfabrik stand, in der mein Vater arbeitete, nannte man von jeher »Die Insel«.

Das alte Wohnhaus ist zum Abriß freigegeben, die Fenster im Erdgeschoß sind mit Brettern vernagelt. Die Zimmer wissen nichts mehr von den Menschen, die hier einst gewohnt, das Leben ist lange schon ausgezogen, und was zurückblieb, sind zerfallene Kachelöfen, zerbrochene Fensterscheiben, morsche Dielen. Keine Kornmuhme geht mehr um die Mittagszeit, wenn die Hitze über den Ähren flimmert, in Schuhen aus brennendem Mohn durch die Felder, kein Krähennest hängt in den Baumkronen, und die Raben von einst sind nur noch in den Märchen zu Hause, aber die Erlen stehen immer noch da. Im Sommer stiegen wir als Matrosen hinauf in den Mast und gaben aus hohem Nest unsere Beobachtungen an den Kapitän des Schiffes weiter. Aus beachtlicher Höhe konnten wir den Weg der Seeräuber ausmachen. Und der Drache, den Vater mir gebaut, steht er nicht immer noch hoch in der Luft?

Was ist das nur für ein Knabe, der seit Tagen vor mir hergeht, dessen Schritte ich nie mehr einholen werde? Ich gehe hinunter an den Fluß, werfe einen flachen Stein über den Wasserspiegel und sehe zu, wie seine Sprünge immer kleiner werden, und plötzlich ist alles wieder da, auch dieser wilde, herrliche Flußgeruch, er streicht vom Wehr her auf mich zu.

... der Knabe kommt den Fluß entlang, wirft Hemd und Hosen in die Weiden. Das Wasser ist klar, Forellen schießen vorbei, Schwärme von kleinen Fischen ändern blitzschnell ihre Richtung. Auf Zehenspitzen steigt er in den Fluß, ganz langsam, zuerst bis zu den Waden, den Hüften, er spürt, wie sein Körper von Schritt zu Schritt leichter wird, seine Füße berühren jetzt kaum noch den Boden, und plötzlich fängt ihn das Wasser an zu tragen. Wie ein junger Hund krault er flußabwärts, das sichere Ufer in greifbarer Nähe, die herabhängenden Zweige der Weiden als Halt.

Die Schwarze Oppa ist kein Fluß, der sich dem Schwimmer stürmisch gegen die Brust wirft, der an den Felsen schleift und wetzt, der sich murrend zurückzieht, wenn er nicht weiter kann, dieser Fluß hat etwas Besinnliches, und der Knabe scheint es zu ahnen, auf dem Rücken liegend läßt er sich hinabtreiben bis an das Brückenwehr.

Einen Steinwurf weit vor dem Wehr beginnt das langsam fließende Wasser unruhig zu werden und eilt, im anschwellenden Sog, dem Sturzbett entgegen. Am Rand des Wehres angekommen, gebärdet es sich wie toll und schießt mit solcher Wucht in die Tiefe, daß es ganz dabei vergißt, ob es Wasser bleiben oder sich in Dunst auflösen soll. Es beginnt zu dampfen, zu rauchen, aus der Tiefe steigt ein Dunststaub hoch und bleibt als Silberschleier in der Luft hängen.

Ich sehe, wie sich der Knabe hinter die großen herabstürzenden Wassermassen stellt, in seinem Rücken die Wehrkrone. In seinem Ohr ist ein Donnern, ein Brausen, er sieht, wie zu seinen Füßen das Wasser siedet, brodelt, kocht, da ist ein Aufprallen, ein böllerschußartiges Krachen, Wasserstaub fällt auf seinen nackten Körper ...

Ich gehe bis an das Wehr, ganz langsam, es ist Niedrigwasser, sehe über mir die gewaltige Wehrkrone aus Holz, den Abfallboden, den Wehrboden, die Flußsohle mit dem Sturzbett. Ich knie mich ins Ufergras und tauche mein Gesicht in das kühle heraklitische Fließen. Als ich aufstehe, sehe ich, wie eine Bachforelle aus dem Wasser springt und ein paar Meter weiter, flußabwärts, wieder eintaucht. Sie allein beherrscht das Kunststück, schwimmt zweimal in demselben Fluß.

Auf dem Rückweg leuchtet zwischen den Büschen ein rotes Kopftuch hervor. Mein Gott, Eva. Nein, es sind die scharlachroten Früchte der Mährischen Eberesche.

Am späten Nachmittag gehe ich ins Stadtcafé und bestelle mir einen Schwarzen mit Schlagobers.

Ich liebe diese kleinen Marmortische, die Marmorplatten sehen aus wie verblichene Landkarten. Die Adern im Gestein könnten die Flüsse sein, die grauen Schatten das Gebirge. Wer genügend Phantasie mitbringt, kann eine Stunde lang bei einem Schwarzen sitzen und im Stein die Zeichen lesen.

Ein paar Schritte vom Marmortisch entfernt steht ein Billardtisch. Ob es derselbe ist, der schon vor fünfzig Jahren hier stand? Hier hat mich mein Vater den ersten Mittelstoß gelehrt, den Hochstoß, den Tiefstoß, er zeigte mir den Rückzieher und den Zieher, ich wußte, wann man einen Seitenstoß anzusetzen hat oder einen Kopfstoß. Stundenlang konnte ich als Knabe zusehen, wie die Elfenbeinkugeln auf dem straff gespannten grünen Tuch hin und her rollten, wie die Spieler den Einfallswinkel berechneten, den Reflexionswinkel, und wie beim Effetstoß der Winkel größer, beim Kontereffetstoß kleiner wurde.

Was ist das nur für eine zauberhafte Rückkehr, wohin ich auch gehe, die Vergangenheit kommt als Gestalt auf mich zu.

Septembernacht. In sanfter Klarheit steht der Große Wagen über dem Land. Keine Wolkenschübe, es ist, als hätte der Herbst die Sternbilder einige tausend Lichtjahre näher an die Erde herangerückt.

14. September

Heute morgen finde ich auf der Bettdecke die hellbraune Hülle einer ausgetrockneten Bettwanze, sie ist durchsichtig wie Seidenpapier. Wanzen sind derbhäutige Tiere, können Frost und Hunger ein Jahr lang überdauern. Findet der lästige Schmarotzer nachts einen Menschen, wird er dick wie ein

Klosterbruder. Ich hole mir aus der Schreibmappe ein Blatt Papier und lege die Hülle sorgfältig zwischen zwei zusammengefaltete Seiten. Ich werde dieses kleine unscheinbare Tier bei nächster Gelegenheit der Dame an der Rezeption mit einem freundlichen Morgengruß überreichen.

Unter der Dusche fallen mir die alten Narben an meinem Körper wieder auf, verheilte Splitterwunden aus dem Zweiten Weltkrieg.

Keiner kann seine Lebensuhr zurückstellen, keiner kann uns die Jahre ersetzen, in denen wir als Soldat blind von einem Land ins andere zogen.

In meiner Vaterstadt steht ein Schloß, das diese Bezeichnung überhaupt nicht verdient. Es hat weder einen Thronsaal noch stehen alte Rüstungen an den Wänden, vergebens wird man nach einem Jagdzimmer Ausschau halten, keine Jagdhörner wurden hier geblasen, keine Hofdamen von ihren Zofen im dampfenden Zuber gebadet.

Ich trete durch das Tor. Still, warm und besonnt liegt der Innenhof vor meinen Augen da, die Fenster sind halb geöffnet, da und dort das Klappern einer Schreibmaschine, im wilden Wein tschilpen die Spatzen. An der Südseite des Schlosses eine gekalkte Mauer mit einer Sonnenuhr. Sie bedarf nicht mehr als einer weißen Wand und eines schrägen Stabes. Wie oft ging ich als Knabe an dieser Mauer entlang, wie oft hielt ich nach ihrem wandernden Schatten Ausschau.

Eine Sonnenuhr braucht keine mit Bleikugeln gefüllten Gewichte, die man von Zeit zu Zeit an einer Kette wieder hochziehen muß, sie kennt auch keine Zahnräder, keine Triebfedern, keine Unruhe, die sich Tag und Nacht bewegt. Bei den mechanischen Uhren wird man immer wieder daran erinnert, daß die Zeit wie ein Gewicht an unseren Füßen hängt. Wer mit einer Sonnenuhr lebt, dem sind solche Gedanken fremd. Keine Trauer, keine Melancholie. Gewiß, eine solche Uhr kann nur unter einem freien Himmel und bei Sonnenschein dem Menschen die Zeit ansagen, Licht und Schatten gehen ineinander über, sie sind ohne den Fixstern Sonne undenkbar. Hier liegt der entscheidende Unterschied zwischen der mechanisch vorrückenden und der lautlosen kosmischen Zeit, sie zählt nicht, teilt auch nicht zu.

Eine Sonnenuhr ist immer voller Großmut, da gibt es keinen hastigen, nervösen Stundenschlag, die Zeit hat etwas transzendentales, gleitet als Schatten unter deinen Händen hinweg. Hinter der mechanischen Uhr fühle ich die Leere, das Nichts, eine Sonnenuhr reichert meine Zeit an, sie materialisiert sie nicht. Ich habe schon als Soldat unter den mediterranen Sonnenuhren gern geschlafen, unter einer Sonnenuhr könnte ich in Ruhe sterben.

Warum sollte nicht auch die Zeit der Ermüdung unterworfen sein? Die schlafende Zeit, die wachsende Zeit, die sterbende Zeit. Die Zeit muß wieder zu grünen anfangen, sonst ist unser Leben vertan.

Auf dem Weg durch die Stadt wird mir von neuem bewußt, daß die Straßen einem riesigen Fotoalbum gleichen, einem Archiv lebender Paßbilder. Da ist ein ständiges Kommen und Gehen, jeden Augenblick taucht ein anderes Gesicht vor dir auf. So viele Gesichter nebeneinander, hintereinander, wie sie alle auf dich zukommen, an dir vorübergehen. Gehören diese Gesichter nicht doch irgendwie zueinander, bilden sie nicht das große Antlitz dieser Stadt? Jedes Gesicht hat seinen Platz, füllt ein Stück der Leere aus.

Die Gesichter der Menschen kennen heute nur noch die Hast, die Anspannung, sie haben keine Ruhe mehr, um zu wachsen, haben ihre Bildhaftigkeit verloren, setzen sich aus den Abfällen des Tages zusammen.

Elias Canetti spricht in seinem Essay »Masse und Macht« von der spontanen, der offenen Masse, die immer nur den Drang hat zu wachsen, und der geschlossenen Masse, die auf Beständigkeit setzt, auf Substanz.

Auf den Straßen und Plätzen von Leipzig, Dresden, Magdeburg und Berlin war plötzlich die spontane Masse da. Aus tausend Demonstranten wurden zehntausend, aus zehntausend fünfzigtausend und mehr. Und diese Masse hatte ein Ziel, das sich mit den Vorstellungen des einzelnen deckte: Sturz der Diktatur, Demokratisierung des Landes. Masse und Individuum hatten in diesem Herbst keine unterschiedlichen Auffassungen. »Wir sind das Volk!«

Tag und Nacht hämmerten diese Worte auf das Bewußtsein der Funktionäre ein. Hier ist wahrhaftig »die Volkheit in den Individuen zu Wort gekommen«, wie Thomas Mann in den »Betrachtungen eines Unpolitischen« schrieb.

Als das Ziel erreicht war, stagnierte der Wachstumsprozeß, Zerfall setzte ein.

»Die Geschichte und ihre Erläuterer lehren uns, daß die Wildheit und Furchtbarkeit einer Revolution immer genau der Furchtbarkeit und Mißregierung entspricht, die sie endlich hervorrief.« Wenn das zuträfe, entsprächen die Ereignisse im Herbst 1989 in ihren wesentlichen Zügen der Hilflosigkeit eines Staates, der sich selbst aufgegeben hat. Es gab keine abräumenden Aktionen, keinen Einsatz von Kampftruppen, keine Truppenbewegungen, keine Rückzugsgefechte.

Von der Substanz her gesehen war das Aufbegehren des Volkes viel zu schmalbrüstig, um sich über den Sturz der Diktatur hinaus mit eigenen politischen Vorstellungen durchzusetzen. Das reinigende Gewitter blieb aus, der reißende Strom wurde in kleine überschaubare Flüsse umgeleitet.

Wir werden über die sogenannte Wende noch lange kein gültiges Bild besitzen, der herrschende Parteigeist wird immer wieder versuchen, diese oder jene Begebenheit nach seinen eigenen politischen Vorstellungen einzufärben.

»Wir sind das Volk!« Nur für ein paar Tage wurde die Utopie Wirklichkeit, sie war in jenem Herbst Anfang und Ende zugleich.

15. September

Von Tag zu Tag wird mir die Klosterzelle vertrauter. In den Morgenstunden höre ich die Putzfrau die Treppe heraufkommen, sie schaltet den Staubsauger ein und beginnt, die Teppiche abzusaugen. Manchmal läutet in der Ferne ein Telefon, offenbar im Parterre, an der Rezeption. Wenn ich die beiden Fensterläden aufstoße, sehe ich an der Wand die Landkarte, den Herbststrauß in der Vase, den Fußboden mit seinen roten Ziegelsteinen.

Frau Přihoda arbeitet seit Jahren an der Rezeption. Als die Sudetendeutschen von Haus und Hof vertrieben wurden, war sie noch nicht geboren. Sie ist eine ruhige, aber eigenwillige Frau. Ihr Mann starb frühzeitig an einem Gehirntumor, sie muß hinzuverdienen, ihre Witwenrente ist klein. Einmal im Monat macht sie sich auf und geht mit einem Blumenstrauß an das Grab ihres Mannes; am Tag der Allerseelen läßt sie eine Totenmesse lesen. Sie erkennt mühelos die geheimen Wünsche der Hotelgäste, ist voller Einsicht und Verständnis, gibt dem Hotel fast eine familiäre Note.

Das Leben geht schnell vorbei, sagt sie heute vormittag zu mir, es ist eine Sünde, wenn Sie bei schönem Wetter noch um zehn Uhr im Klubraum sitzen.

Auf dem Weg durch den Park beobachte ich eine große schwarze Hummel, welche die Blüten am Wegrand immer wieder anfliegt. Durch ihren plumpen gedrungenen Körperbau, durch das pelzige Haarkleid ist sie ein ausgezeichneter Blütenbestäuber. Wenn ich mich recht erinnere, gehört sie zu der Gattung der gesellig lebenden Bienen. Ein paar Schritte weiter stoße ich auf das Nest, es liegt unter einem Haufen moosüberwachsener Steine. Die lateinische Bezeichnung hat mich schon als Schüler in eine heitere Stimmung versetzt: Bombus terrestrie, Bombus agrorum, Bombus lapidarius ...

Einen Steinwurf weit von der Pfarrkirche entfernt lag eine Schmiede, sie wurde in den letzten Kriegstagen durch Artilleriebeschuß dem Erdboden gleichgemacht.

Wie oft sind wir als Knaben auf dem Nachhauseweg vor dieser rußigen Höhle stehengeblieben. Hier wurden keine Schwerter geschmiedet, kein Balmung, keine Tarnkappe, der Schmied wurde auch nicht wegen seiner Mißgestalt aus dem Olymp hinab auf die Erde gestoßen, er war ein großer kräftiger Mann. Was aber war es, das uns Knaben immer wieder anlockte, der Amboß, die Esse, der Blasebalg, oder waren es die weithin schallenden Hämmerschläge? Aus der Ferne schon hörten wir das Wiehern der Pferde, die auf ein neues Hufeisen warteten, es waren Kaltblütler schweren Schlags, aber auch die im Zugdienst verwendeten Rinder standen vor der Schmiede und wurden mit Klaueneisen beschlagen. Ich sehe sie noch heute vor mir, die Pferde mit ihren bunten Ohrenkappen, wie sie die Vorderhand hoben. Und dann der Meister selbst, er holte aus dem Feuer das glühende Eisen, begann es zu schmieden, schreckte es ab. Er trug einen langen Schurz aus Leder, der von der Brust über das Knie reichte, im Rücken wurde er durch eine dünne Kette geschlossen.

Eines Tages führte uns der Meister durch seine Werkstatt. Wir durften den Blasebalg treten, den schweren Schmiedehammer anheben, er zeigte uns die Stich- und die Hauklinge, den Holzschlegel, die Hufraspel, da war von einem Rinnmesser die Rede, einer Abnehmzange, dem Beschlaghammer.

Das Hufeisen war für mich schon damals mehr als nur ein Stück Eisen, es war Zeichen, Zeugnis, Glücksbringer einer schweren, aber hellsichtigen Arbeit.

Wie oft habe ich am Abend, wenn ich über den Schulaufgaben saß, das Gesicht meines Vaters beobachtet, wenn er sich mit seinen schlanken aber kräftigen Fingern die Pfeife stopfte, anzündete, nach der Zeitung griff, um die Tagesnachrichten zu lesen. Es war ein in sich geschlossenes Gesicht, die einzelnen Teile gehörten zusammen, die Augen, die Nase, der Mund, sie waren nicht voneinander isoliert. Frontal gesehen ein in sich ruhendes Gesicht, erst im Profil brach es aus der stillen Welt der Familie aus, war voller Bewegung.

Wenn mir Vater Violinunterricht gab, wurde sein Gesicht ganz Ohr …

Am späten Abend, wenn ich mich aus dem Fenster beuge und auf den Straßen alles still ist, höre ich, wie das Wasser der Schwarzen Oppa durch das Flußbett stößt.

17. September

Heute nacht träumte ich von Eva. Wenn du in den kommenden Tagen dein Elternhaus aufsuchst, sagte sie zu mir, bleib unter dem Kirschbaum stehen, du wirst in seinen Ästen eine Dohle finden, ihr Gefieder ist weiß geworden, sprich sie an.

Ansprechen?

Sie weiß, wer du bist, sie hat ein Dohlenleben lang auf dich gewartet.

Nach dem Frühstück brachte mir Ludmila eines ihrer Katzenkinder ins Zimmer und legte es liebevoll auf das Sofa. Ich habe minutenlang auf sie eingeredet, sie gelobt, gestreichelt, sie genoß meine Ansprache. Nach einer Weile nahm sie ihr Junges wieder ins Maul, stellte sich an die Tür, sah mich bittend an, als ich öffnete, stolzierte sie mit erhobenem Schwanz eine Treppe höher, hinauf auf den Dachboden.

Dem Katzengesicht fehlt jeglicher Hintergrund, es ist ganz da, lebt sich nicht ab wie das Gesicht eines Menschen, es ist dem Augenblick verpflichtet. Ich hatte schon immer den Eindruck, daß es im Tiergesicht keine Vergangenheit gibt. Der Mensch weiß nie, wo er ankommt, doch so ein Tiergesicht kommt immer an, auch scheint es seinem Schöpfer enger verbunden zu sein als der Mensch, es steht ihm unmittelbar gegenüber, von Augenblick zu Augenblick.

Was war das nur für ein Bub, der zwischen den beiden Flüssen, der Schwarzen und der Goldenen Oppa, herumtobte, der kuriose Wege ging, scheinbar planlos von einem Ufer zum anderen schwamm, der in den aufgelassenen Steinbrüchen nach Versteinerungen suchte, mit seinem Vater am Ufer saß, die Angel auswarf und stundenlang warten konnte, bis eine Forelle an den Haken ging. Im März hockte er zwischen den Büschen und sah dem Eisvogel zu, wie er fischte, kniete vor einem Ameisenhaufen und beobachtete die Tiere: die einen schleppten Eier, die anderen winzige Späne aus Holz. Mit dreizehn Jahren hatte er zum erstenmal in seinem Leben von der Sonne aufgeheizte Schlangeneier in der Hand, an der Pferdeschwemme fand er, festgetreten im Dreck, ein rostiges Hufeisen, an den Südhängen der Berge, wo die Walderdbeere kochte, ging er der Kreuzotter nach, legte sich eine Ringelnatter um den Hals und hörte am Abend, bis tief in den Schlaf, auf den Schrei seiner Dohle.

Bin ich wirklich der Knabe, der das alles erlebt hat? Die Dimensionen waren damals andere als heute und die Schattenseiten waren meinem Leben noch fremd. Damals trieb mich noch keine Leidenschaft zu Eva, und ein Schluck Wasser aus der Schwarzen Oppa löste noch keinen Brechreiz aus.

Seit Tagen kam von den Bergen der Föhn, man hatte ihn in den Nächten gehört, konnte ihn riechen, wenn man durch die Straßen der Stadt ging, sprunghaft war das Thermometer angestiegen. Der Sturzacker war immer noch gefroren, doch der Schnee war grau und filzig geworden; in den Nächten hörte man, wie das Eis in den Flüssen zu arbeiten begann.

Dort, wo im Sommer in der Flußkrümmung der Goldenen Oppa das Altwasser stand und im Januar das Schilfrohr krachte, holten wir aus unserem Versteck die Spitzhacken. Jeder von uns schlug sich eine gewaltige Scholle aus dem Eis, eine schwimmende Insel, so groß wie ein Wohnzimmer. Unsere Wangen glühten, die Hände feuerten vom eiskalten Wasser, noch ein paar Schläge mit der Picke, dann gab es einen Ruck, die Scholle löste sich vom Muttereis und begann zu schwimmen, ganz langsam. Mit einer Wäschestange aus Mutters Keller stakten wir durch die Altwasserschlingen hinüber in den Fluß. Wir sahen, wie sich die Farbe des Wassers änderte, vom Schwarz bis hinüber ins weißhelle Grün. Jetzt kam es darauf an, das Gleichgewicht zu halten, manchmal schoß ein Schwall Wasser über das Eis hinweg. Ja, die Fahrt auf der Scholle machte unser Blut lustig, ich habe heute noch die Rufe meiner Freunde im Ohr, höre, wie das Eis kracht, wenn wir zusammenstießen, vernehme die Schreie, mit denen wir uns gegenseitig anfeuerten; nur nicht feige werden und wieder abspringen, nur nicht ins eiskalte Wasser abrutschen, mit vollgesoffener

Hose nach Hause kommen. Und die Scholle hob und senkte sich, begann zu tanzen, wir sahen das Ufer an uns vorbeiziehen, ein helles, flaumiges Märzufer, die Hasel stäubte, Märzlicht über den Bergen, der Atem rauchte vor uns her.

Bis weit über den Mittag hinaus trieben wir den Fluß hinab, machten gute Fahrt, an den Uferdörfern ging es vorbei, wenn einer mit seiner Scholle am Wurzelwerk der Weiden hängenblieb, wurde er lachend überholt, wie schnell fiel er dann zurück. Wir sahen die Farben des Eisvogels am Ufer aufleuchten, meerblau der Rücken, die Kehle weiß, rostfarben die Unterseite, sahen dicht über dem Wasser seinen schnellen gradlinigen Flug, hörten seinen pfeifenden Ruf.

Die Flußszene wechselte, an den Schrebergärten trieb es uns vorbei, an den Sträuchern konnten wir die ersten grauen, gelblichen und manchmal auch kupferbraunen Knospen ausmachen, sahen vom Fluß aus die Türme der Pfarrkirche, den Rathausturm, doch hoch über allem die Marienkirche auf dem Burgberg. Wir glaubten fest, daß die Gottesmutter ihre schützende Hand auch über unsere Eisschollen hält.

Hätte es hinter der Stadt nicht die Wehre gegeben, wir wären bis vor die Tore von Troppau gefahren. Wenn das Schmelzwasser stieg, schob sich an den Wehren eine Scholle über die andere, Tag und Nacht kam der Fluß nicht mehr zur Ruhe, die Eisberge wuchsen, Sprengkommandos jagten sie in die Luft.

Ich weiß bis heute nicht, was uns damals trieb, das gefährliche Spiel Jahr für Jahr zu wiederholen. Stundenlang ließen wir uns von der Strömung treiben, sprangen von Scholle zu Scholle, und über dem Land stand hell das überscharfe Mittagslicht.

... am Brandenburger Tor fallen sich die Menschen lachend und weinend in die Arme, Menschentrauben hängen an der Mauer, die Hindernisse waren weggeräumt, die Strömungen wurden stärker, durchbrachen die Dämme, rissen die Stützmauern ein.

In dieser Nacht knallten die Sektkorken, Feuerwerkskörper fauchten in den Himmel, farbige Sterne sprühten, Stoffzerfall, Mauerspechte klopften sich die ersten Erinnerungsstücke aus dem Beton. Nein, ich gehörte nicht zu denen, die in jener Nacht am Brandenburger Tor tanzten. Die Vergangenheit hatte mich eingeholt. Ich stand am Wohnzimmerfenster meines Berliner Freundes, blickte hinüber auf die jubelnde Menge und dachte an die Kesselschlacht um Kiew, lag in einem Schützenloch am Dnepr und sah vom Steilufer aus, wie die toten Soldaten Tag und Nacht den Fluß hinabtreiben.

Mitternacht war lange schon vorbei, gegen vier Uhr früh ging ich hinunter auf die Straße. Vor wenigen Stunden noch waren hier mehr als hunderttausend Menschen versammelt, und jetzt diese Stille, eine erschreckende Stille, die mächtiger war als die Detonation einer Fliegerbombe. In dieser Nacht wurden keine Häuser gesprengt, es war die

Geschichte der letzten vierzig Jahre, die lautlos in sich zusammenbrach. Obwohl am Brandenburger Tor noch alles so dastand wie einst, wußte ich, daß nichts mehr so sein würde wie früher. In dieser Nacht stürzte nicht nur eine Mauer, auch die alten Namen lösten sich von den Dingen, es gab keine Richtung mehr, das ganze Leben war plötzlich in ein graues, undefinierbares Zwielicht getaucht. Das Gewesene schien nicht mehr greifbar, und das Künftige nahm die Maske noch nicht vom Gesicht.

Einen Flintenschuß von der Mauer entfernt stand die vergoldete Siegesgöttin und auf dem Brandenburger Tor Schadows Viergespann, die Quadriga, eingehüllt in eine gespenstische Patina. Und die Menschen jubelten, sie glaubten, eine weiße Hochzeitskutsche führe sie durch das Brandenburger Tor bis an die Siegessäule.

Ich schreibe diese Zeilen als Betroffener. Es war eine Nacht jenseits der Minenfelder, der Todesstreifen, was sich hier abspielte, war punktuell, es fehlte von Anfang an die übergreifende Einheit in der Vielheit des Geschehens.

Ab wann begann die Wende zu changieren?

»Nur einen Wimpernschlag lang war die Vereinigung möglich« werde ich später einmal lesen. Will man dem deutschen Volk von neuem eine Legende mit auf den Weg geben?

18. September

Seit gestern abend regnet es. Aus einem schier unerschöpflichen Himmel stürzen sich die Fluten auf die Stadt. Ein trüber Dunst hat sich in den Gassen festgesetzt, kein Haus ohne triefende Mauer. Wenn ich mich aus dem Fenster lehne, sehe ich auf der Straße nur noch den gebeugten Rücken der Menschen, nasse, glänzende Regenschirme, hochgezogene Schultern.

Der Vormittag beginnt mit einer zweisprachigen Landkarte: Nordmähren und das Altvatergebirge. »Den Zaun hat er mir gelassen, den Garten hat er mir genommen«, klagte Maria Theresia nach den Schlesischen Kriegen den Preußenkönig Friedrich II. an.

Kein Berg wurde vergessen, kein Tal, gewissenhaft sind die Flußbänder eingezeichnet und zwischen den Höhenzügen die Dörfer. Und wieder folge ich mit meinem Zeigefinger wie einst in der Schule dem mühseligen Lauf der Flüsse durch das Gebirge bis hinaus in die Ebene, da ist die Mohra, die Weiße Oppa, die Stille Tess. Die Kartographen haben nicht nur die Höhen der einzelnen Berge angegeben, Altvater 1491, Petersteine 1431, Kepernik 1428, da gibt es die Kennzeichen für die Burgen, die Festungen, die Schlösser, da sind die Kreuze für die Kirchen, die Kapellen, Chiffren für die historischen Ruinen, die Berghütten, ja selbst die Geburtsorte bedeutender Männer und Frauen wurden durch Kennzeichen deutlich gemacht.

Eine solche Karte sagt viel, wenn auch nicht alles, über die Beschaffenheit eines Landes aus, die Menschen bleiben draußen vor der Tür.

Das Altvatergebirge breitet sich wellenförmig nach allen vier Himmelsrichtungen aus, es erhebt sich nicht, es liegt breit und schwer in der Landschaft. Fünfzig Kilometer mag der südwestliche Kammverlauf sein. Es ist eine breite, plateauförmige Berglandschaft, getrennte Höhenzüge, einzelne Kuppen. Geologischer Aufbau: Gneis, Quarziten, Phylliten, devonischer Schiefer.

Der aufmerksame Beobachter kann in diesem Gebirge drei Zonen unterscheiden, die Täler mit ihren Siedlungen und Dörfern, die sanft ansteigenden Hügelketten mit ihren unübersehbaren Waldungen und schließlich die kahlen Bergkuppen, auf denen nur noch die Latschenkiefer wächst. In diesem Gebirge ist der Wanderungsdrang der Völker zur Ruhe gekommen. Wer eine Sprachkarte zur Hand nimmt, wird feststellen, daß südlich der Berge ein anderer Sprachraum beginnt. Sprachgrenzen sind nur selten mit staatlichen Grenzen identisch.

Die Ostsudeten sind ein Gebirge, das nichts verspricht, das wenig Poesie zu verschenken hat, man muß sich seine Schönheiten erwandern, von Koppe zu Koppe, von Tal zu Tal. Dieses Bergland hat nicht die Gabe, mit offenen Händen zu schenken, es hält dich auch nicht mit Versprechungen hin, in eine solche Landschaft muß man sich selbst einbringen. Es ist ein sprödes Stück Erde, weit entfernt von der farbigen Sinnlichkeit mediterraner Landschaften, hier sind die Farbspiele anderer Natur, hier gibt es das gedämpfte Grün der Bergwiesen, den grauen, eintönigen Ton der Felsen, das Schwarzgrün der Wälder.

Seit meiner Kindheit gehören die Berge zu meinem Leben, zu meinem Schicksal, sie haben nicht nur mein Fühlen, sie haben auch mein Denken beeinflußt. Den weitgeschwungenen Bergkämmen verdanke ich einen Rhythmus, der sich entscheidend auf mein Schreiben ausgewirkt hat.

Nach dem Umbruch habe ich mich wiederholt gefragt, gab es wirklich dieses deutsche Funktionärsgesicht?

Es waren Gesichter, die wurden dem Schädel einfach aufgesetzt, schienen dem Flächenhaften näher als dem dreidimensionalen Raum. Diese Gesichter standen ganz vorn in der Zeit, waren vordergründig, in ihnen gab es keinen Traum, keine schöne Ferne, keine warme Nähe.

Das Funktionärsgesicht war voller Unduldsamkeit, es hatte das Hören auf den anderen Menschen verlernt, es war ein Erfolgsgesicht, lebte dem Augenblick. Diese Gesichter hatten Gott aus ihrem Leben lange schon verbannt, vergebens suchte man in ihnen nach einem Gesetz. Ohne Gesetz kein Schicksal.

Am späten Nachmittag gehe ich am Stadtcafé vorbei und sehe an einem Marmortisch drei ältere Herren sitzen, sie spielen Tarock, einer von ihnen trägt einen altmodischen Zwicker, als er mich sieht, nickt er mir freundlich zu. Später, im Hotel, wurde mir bewußt, daß es mein Vater war.

Es regnet immer noch, ich höre, wie das Wasser durch die Dachrinnen stürzt. Vor meinem Fenster schwimmen in den Pfützen die Lichter der Straßenlaternen.

Jägerndorf liegt dreihundertdreizehn Meter über dem Meer. Wenn eines Tages durch Klimaveränderung der Meeresspiegel anfängt zu steigen, könnten es in absehbarer Zeit nur noch hundert Meter sein.

19. September

Jeden Morgen sehe ich von meinem Fenster aus hinüber auf die Pfarrkirche und versuche, die Dohlen zu zählen, die die Türme umfliegen.

Eva war mir vom ersten Tag an aufgefallen. In der Mittagsstunde saß sie allein auf einer Bank im Garten der Handelsakademie, hatte ein kleines Buch in der Hand und las. Von Anfang an hatte ich den Eindruck, daß sie ihren Weg allein gehen wollte, sie wandte sich niemandem zu, legte auf Gesellschaft keinen großen Wert. Es gab Tage, da glitt sie an uns vorbei, als wären wir gar nicht anwesend, und verlor sich nach den Vorlesungen in den Gassen der Stadt.

Eva war hoch gewachsen, schlank in den Hüften,

hatte ein schmales, regelmäßig gebildetes Gesicht. Sie kam immer mit einem streng gescheitelten Haar in die Vorlesungen. Es war eine Schönheit in ihr, die von weit herkam. Auf ihrem Gesicht lag nur selten ein Lächeln. In ihrer Haltung anderen Menschen gegenüber hatte sie oft etwas Schroffes, Ablehnendes. An den Sonnabenden war ihr Platz im Hörsaal leer, da war Sabbat.

Sie war nicht wie eine wohlhabende Arzttochter gekleidet, sie kam in einem einfachen Leinenrock, in einer weißen Bluse aus Batist, an kühlen Tagen trug sie ein farbiges Wollhemd. In den Sommermonaten kam sie immer ohne Strümpfe, die nackten Füße staken in den Schuhen. Mit einem solchen Mädchen konnte man keinen Staat machen, die Kommilitoninnen in unserem Semester rümpften die Nase, wenn in ihrer Gegenwart der Name Eva Weinheim fiel.

Das also gibt es immer noch: in meiner Vaterstadt werden die Bierfässer auch heute noch auf Pferdefuhrwerken ausgefahren, ich höre das Wiehern der Tiere bis hinauf in mein Zimmer.

Ja, damals am Brückenwehr war das Wasser noch jung und das Loch für die Pferdeschwemme mehrere Meter tief. Jeden Sonnabend wurden die Ackergäule aus den umliegenden Gehöften in die Schwemme getrieben. Das freudige Wiehern der Pferde erfüllte die Luft, dazwischen die Rufe der Knechte, ohne Sattel saßen sie auf dem breiten Rükken der Kaltblüter und trieben sie bis an den Bauch in die Flut. Man hörte das Plumpsen der Tiere, wenn sie sich ins Wasser warfen, überall ein Wiehern, Schwappen und Trappeln, ein Gepuste; das Wasser spritzte, die Tropfen sprühten, lauter kleine Regenbogen leuchteten auf, unter den Bäuchen der Pferde wogte und klatschte es.

... ich erinnere mich, als Vater zu mir sagte: Heute wird der Fluß gefegt.

Ich stand am Küchenfenster und sah hinunter auf den Mühlgraben, das Wasser nahm ab, man hatte seit Mitternacht die obere Schleuse geschlossen. Ein paar Stunden später lag der ganze Graben in seiner Nacktheit vor meinen Augen da, die Steine glänzten von unten herauf, hart, hell, ich sah das Wurzelwerk der Erlen, der Weiden, es war schlammig, schwarz, und plötzlich wurden auch die anderen Dinge sichtbar: alte Matratzen, Mülleimer, verrostete Fahrräder, Autoreifen.

An jenem Vormittag ging Vater, den Kescher in der Hand, hinunter in den Graben. Er hatte die Hosenbeine bis über die Knie hochgekrempelt. Das Wasser stand ruhig, man konnte die Fische ausmachen, sah, wie sie unruhig hin und her schwammen. Die größeren Fische hatten sich in die tieferen Mulden zurückgezogen, aber auch am Ufer, wo die Erlen ihren langen Schatten warfen, rumorte es im Wurzelwerk. Hechte gab es keine, aber dafür die steingrauen Forellen. An einer seichten Stelle, wo das Wasser bis an die Waden reichte, standen zwei dicke Karpfen und bewegten ihre Kiemen. Ich hörte Vater mit der Zunge schnalzen. Treib sie den Graben hinauf, sagte er zu mir, ich komme von oben und setze den Kescher an.

Ich ging den Fluß hinauf und trieb die beiden Fische ganz langsam vor mir her, Vater kam den Graben herab, tauchte den Kescher blitzschnell ins Wasser und hatte die Karpfen im Netz. Ich sah ihren strammen Rücken, fühlte die kalte, schleimige Fischhaut, an manchen Stellen war sie aufgerauht, als hätte man sie mit Sandpapier gescheuert, ich sah ihren weichen flutschigen Bauch, die beiden Brustflossen, die silbernen Schuppen, die Kiemen. Es war das erstemal in meinem Leben, daß ich einen großen lebenden Karpfen in meinen Händen hielt.

Am kommenden Tag fing das Wasser wieder an zu steigen und deckte das Wurzelwerk der Erlen langsam zu.

In den letzten Jahren habe ich mich wiederholt gefragt: was ist das, die innere Biographie eines Menschen? Man kann sie nicht mit den üblichen Mitteln beschreiben, sie geht weit über ein Hologramm hinaus, ist mehr als Form und Gestalt, sie ist Ausdruck eines umfassenden Seins, Gegenwart und Vergangenheit zugleich. Trotz aller Gegensätze ist sie von einer schicksalhaften Geschlossenheit, unverkennbar, daß bei ihr eine höhere Kreativität am Werk sein muß.

Vielleicht hat ein jeder von uns seine eigene indisch-pranische Akashachronik, in der sich sein ganzes Leben spiegelt. Sheldrake spricht von dem »Gedächtnis der Natur«.

Abend für Abend stehen auf der Speisekarte die gleichen Gerichte: Hagebuttensuppe, gebackene Forelle, mährischer Weißwein. Die gebackene Forelle steht immer an erster Stelle. Die Fische kommen nicht aus den städtischen Zuchtteichen, nein, sie werden am Rande der Berge, im Gebirgswasser gezogen. Der Fisch ist mit Kräutern garniert, mit Zitronenscheiben und Wacholderbeeren.

Die halbe Nacht lag ich wach, aber nichts Besonderes geschah. Manchmal zog am Fenster etwas vorbei ...

20. September

Der Morgen beginnt wie immer, ich stoße die Fensterläden auf. Die Stadt sieht noch recht verschlafen aus, die Straßen, die Fassaden der Häuser, ja selbst der Himmel hat noch keine hellen Augen. Nach dem Frühstück tschilpen in den Bäumen bereits die Spatzen, der Mann am Kiosk verkauft mir eine deutsche Zeitung von vorgestern, ein paar Schritte weiter steht der Bäcker vor der Tür, Kaisersemmeln, Butterkipfeln, Streuselkuchen mit Mohn. Es ist ein ruhiger Morgen, die Menschen hasten noch nicht zur Arbeit, alles geht etwas ruhiger und gemütlicher zu als in Thüringen. Ich schlendere durch die Lauben, Hektik war in meiner Vaterstadt immer schon ein Fremdwort, trinke im Stehen einen Schwarzen, der Kellner fragt, wie es mir geht. Unter den Lauben Stände mit Obst und Gemüse, verlockende Farben, Erdbeeräpfel, Kaiserbirnen, Hausfrauen tragen in ihren Netzen Salatköpfe und Blumenkohl nach Hause. Ich schlage einen Bogen, es ist jetzt neun Uhr, und der Tag hat für mich noch immer nicht begonnen …

… es ist Sonnabend, ich gehe mit meiner Mutter über den Marktplatz, helfe ihr die prallen Einkaufstaschen tragen.

Was wurde in meiner Kindheit auf dem Wochenmarkt nicht alles angeboten, Bauernbutter, in frische Salatblätter gehüllt, Bienenwaben voller Honig, in den Milchkannen stand die Buttermilch, dickflüssig, sämig, und in den Steinkrügen ausgelassenes Schweinefett mit Griefen. Was aus den Bauerngärten kam, roch gut, leuchtete weit über die Holztische hinaus, grüne Bohnen, platzende Schoten, Gurken und Kürbisse, Karottenbündel mit ihren fiederteiligen Hüllblättern, die Wurzeln gelb, orange, Maiskolben, zwischen den Schelfen die goldenen Körner. In den Tonflaschen wurde der Sliwowitz angeboten, Kräuterliköre aus den Bergen, Knoblauchkränze schaukelten in der Sonne. Und dann im Herbst, wenn der Wind den Altweibersommer über den Marktplatz trug, die Goldrenette, der Gravensteiner, die Butterbirne, die Gute Luise. Das Obst, das an den Südhängen der Berge wuchs, war voller Vitalität, in diesen Früchten schmeckte man noch die Sonne, den Wind, den Regen, da waren Würze, Süße und Säure zugleich. Hier erst wurde mir das Malerische der Birnen, Pflaumen und Äpfel so richtig bewußt. Aber auch die Erdäpfel brauchten damals noch keine Auffrischung, prächtige Kartoffeln, weiß und mehlig, die Kipfelform buttergelb.

Mein Gott, was gab es damals noch für Heilkräuter auf dem Markt, Beerentraubenblätter, Spitzwegerich, Weißdorn und Melisse, Faulbaumrinde, Kalmus und Johanniskraut, eine Lehrstunde für den Homöopathen. Und ein paar Schritte weiter die Grausamkeiten des Marktes: todesängstig flatterte in den Verschlägen das Geflügel, apathisch saßen in den Kisten die Kaninchen, die Hähne, einer prächtiger als der andere. Ich erinnere mich noch an den Gockel, der einer Marktfrau aus den Händen flog, als sie ihm den Kopf bereits abgeschlagen. Und nicht zu vergessen die Früchte des Waldes, die Brombeeren, die Himbeeren rot und gelb, die Wacholderbeeren blauschwarz, gereift, zwischen den dunklen Kugeln die scharfen Nadelquirle. Literweise wurde aus Eimern die Heidelbeere verkauft, die Walderdbeere mit ihrem aromatischen Duft, das alles gab es damals noch auf dem Markt. Und plötzlich, wie eine Insel im Gewühl der Menschen, ein Tisch mit lauter grünen Zweigen, die Blätter länglich, fleischig, es waren Mistelzweige für die Vase, zwischen den vergoldeten Blättern die beerenartige Scheinfrucht, weiß.

Aber auch das Blühende war da, das Duftende bis

tief hinein in den Oktober. Im Frühling gab es die graugrünen Stengel der Tulpen, Dahliengeleucht im Herbst, Rosenduft im Sommer, ein Blütenmeer an Schnittblumen, jubilierende Farben, ich sah das Zittern der Staubfäden, den Stempel prall. Damals war den Gärtnern die Genmanipulation noch fremd, dafür kannten sie alle die Mendelschen Gesetze, ein jeder von uns hatte auf der Schulbank von jenem einzigartigen Klosterbruder aus Mähren gehört. Und neben den Blumen die Pilze, die Speisemorchel, die Krause Glucke, der Pfifferling und dann die Adeligen unter dem gemeinen Volk: der Fichtensteinpilz, der Sommersteinpilz, die Rotkappen orangegelb, braun die Maronen.

Der Wochenmarkt zog sich vom Oberring durch die Herrengasse bis hinunter auf den Niederring. Zwischen den Ständen war ein ständiges Kommen, Stehen und Gehen. Die Krone wanderte von einer Hand in die andere, das Kleingeld klimperte in den Taschen der Marktfrauen, sie hatten das Kopftuch unter dem Kinn fest verknotet, farbige Tücher in Weiß, Dunkelblau oder Rot. Und dann die Stimmen, den ganzen Vormittag hingen sie über dem Markt, Männerstimmen, Kinderstimmen, Frauenstimmen, da wurde gehandelt, gefordert und gefeilscht.

In den frühen dreißiger Jahren arbeitete mein Vater als Appreturleiter in Italien, in Biella, unweit von Mailand, Mutter und ich wohnten in der Kaserngasse 2. Jeden Sonnabend sahen wir vom Wohnzimmerfenster aus, wie die tschechischen Soldaten vom Stadturlaub heimkehrten. Es war etwas grotesk Gespenstisches in diesen angetrunkenen Männern, wenn sie die Straße entlangkamen und den Kasernenhof suchten; im Hof wurde bereits der Zapfenstreich geblasen. Ich sehe sie noch heute vor mir, diese jungen Rekruten mit ihren Schnürschuhen, den Wickelgamaschen, immer etwas verlottert und verloren. Kräftige Burschen waren es gewesen, Bauernsöhne aus Böhmen, Mähren, aber auch die Rastelbinder waren unter ihnen, die Kesselflicker aus der Karpaten-Ukraine, der Slowakei. Ihre Lieder haben sich in meinen Ohren festgesetzt. Damals wußte ich noch nicht, daß auch in einem derben Gassenhauer ein stechender Liebesschmerz verborgen sein kann.

Am späten Abend weht der Wind Tannenduft durch die Stadt. Die Menschen auf der Straße bleiben einen Augenblick lang stehen und sehen hinüber zu den Bergen.

Vielleicht sollte man die letzten Jahre seines Lebens auf einen einfachen Nenner bringen, ich möchte ihn Aufrichtigkeit nennen. Wer aber kann sich Aufrichtigkeit heute noch leisten? Es ist eine einsame Aufrichtigkeit, mit der man im Alter durch die Jahre geht.

22. September

Einen Namen wie Eva kann man überall mit sich herumtragen, kann ihn leise vor sich hin sprechen, mit Kreide an eine Mauer schreiben, in ein Tagebuch eintragen: Eva Weinheim, geboren am 7. Oktober 1918 in Preßburg. Ich wußte nicht, daß ein Frauenname, auch wenn man die Siebzig bereits hinter sich gelassen hat, noch immer wie ein Glas Sekt sein kann. Was wäre unser Leben, wenn es nicht die schönen Frauennamen gäbe: Ruth, Judith, Friedericke ...

Es gab Tage, da hatte ich Angst, am Abend an der Friedhofsmauer entlangzugehen. Im Deutschunterricht lasen wir die Ballade »Lenore« von August Gottfried Bürger.

> Lenore fuhr ums Morgenrot
> empor aus schweren Träumen:
> »Bist untreu, Wilhelm, oder tot?
> Wie lange willst du säumen?« –
> Er war mit König Friedrichs Macht
> gezogen in die Prager Schlacht
> und hatte nicht geschrieben,
> ob er gesund geblieben.
> – – – – – – – – – – – – –
> Wie flogen rechts, wie flogen links
> Gebirge, Bäum und Hecken!
> Wie flogen links und rechts und links
> die Dörfer, Städt und Flecken! –
> »Graut Liebchen auch? ... Der Mond scheint hell!

Hurra! Die Toten reiten schnell!
Graut Liebchen auch vor Toten?« –
»Ach, laß sie ruhn, die Toten.« –

Hat uns während des Krieges nicht auch so mancher gefallener Soldat in den Schützenlöchern aufgesucht, nachts? Wir alle haben uns mit Hilfe des Verstandes schwere eiserne Türen geschmiedet, hinter die wir uns zurückziehen, wenn die Toten eines Tages an unsere Fenster pochen.

Heute, sechzig Jahre später, gehe ich gern über den Totenacker meiner Vaterstadt spazieren, selbst in der Dämmerung, wenn in den Bäumen das Käuzchen ruft. Ich habe mit den Verstorbenen Freundschaft geschlossen, viele von ihnen habe ich noch gekannt, wir sind nicht fremd aneinander vorbeigegangen. Da liegen die Tandlers, die Fietz, die Paliges, da ruhen die Söhne unweit der Mutter, und die Töchter liegen oft nur einen Steinwurf weit von ihren Vätern entfernt.

Es gibt aber auch Tote, die werden es schwer haben, am Tag der Auferstehung dem Posaunenruf zu folgen. Sie liegen in einem Metallsarg, eingeschweißt, tonnenschwere Marmorplatten decken ihre Grüfte ab. Woher sollen sie die Kraft nehmen, das alles wieder aufzubrechen?

Wie lange werde ich noch warten müssen, bis meine Toten auferstehen?

Wenn ich an meine Mutter denke, ist mir, als würden in einer stillen Sommernacht sämtliche Sterne am Himmel aufleuchten. Sie erzählte mir an den Winterabenden, wenn der Schneesturm durch die Gassen fegte, die ersten Märchen, lehrte mich, mit der Peitsche den Kreisel zu schlagen, den ersten Handball kaufte sie mir, und für meine Steinsammlung brachte sie aus Karlsbad immer ein paar große geschliffene Sprudelsteine mit.

Ihr Gesicht war breitflächig, voller Leben, kastanienbraun das Haar. Ihr Blick war wachsam, wie oft blitzte aber auch der Schalk in den Augenwinkeln auf. Sie hielt mich mit ihrer Liebe im Zaum, nicht durch Strenge, und immer zeichnete sie das frisch gebackene Brot mit drei kleinen Kreuzen, ehe sie es anschnitt ...

... nur selten war in der deutschen Geschichte das Menschenbild dem Ebenbild Gottes so nahe gewesen wie in den Tagen der Wende, doch die unscharfen Ränder nahmen zu, die ersten Verknotungen wurden sichtbar, der Augenblick war gekommen, in dem sich die Woge überschlug. Einem Land mit sechzehn Millionen wurde über Nacht die Deutsche Mark übergestülpt, schlagartig brach der gesamte Osthandel in sich zusammen, Millionen gingen in die Arbeitslosigkeit, die Menschen waren wie gelähmt. Das Maß lag nicht mehr in den Dingen selbst, viel zu spät dämmerten die Einsichten, die Auslichtungen. Geschichte ist immer auch ein Indiz dafür, was die Politiker versäumt haben.

Millionen Bürger glaubten noch im Sommer 1990 an die »Wiedervereinigung des Getrennten«, an die Möglichkeit, den Weltriß zwischen West und Ost für immer zu schließen, doch die Sieger des kalten Krieges schickten die Besiegten wie eh und je ins Sperrfeuer der Abwicklung, der Verfemung. Was auf die Menschen zukam, war der Übergang in eine andere einseitige Existenz.

Nach dem Beitritt gingen in den Kirchen die Lichter aus, der Weihrauch der deutschen Einheit verflog, die Straßen und Plätze in Leipzig, Dresden und Magdeburg wurden wieder leer, eine bedrükkende Stille brach über die Menschen herein. Eine jahrelange Konföderation auf Zeit wäre notwendig gewesen, um das langsame Hineinwachsen zu gewährleisten, aber jeder Bürger, der in diesen Tagen für eine Konföderation eintrat, wurde wie ein vaterlandsloser Geselle behandelt. Wie oft hatte der Bundeskanzler vor der Wende noch von den Brüdern und Schwestern im Osten gesprochen, heute erinnern wir uns, daß auch Kain und Abel Brüder waren. Wahrhaftig, wir leben in einer gnadenlosen Zeit.

Deutschland in Atemnot.

Im Wasser eine Linie ziehen.

23. September

Es ist acht Uhr. Ich gehe in meiner »Klosterzelle« auf und ab, sehe zum Fenster hinaus, zähle die Schläge der Turmuhr. Habe ich in meiner Vaterstadt einen anderen Verbrauch von Zeit? Wenn

Eva an meiner Seite wäre, dann würden die Stunden schneller vergehen. Vielleicht ist es die Suche nach den Erlebnisganzheiten der Kindheit, der Jugend, die meine Tage langsamer verstreichen läßt.

Wenn man seiner Kindheit begegnen will, darf man ihr nicht nachjagen, man muß langsam durch die Landschaft gehen und warten, bis sie einem entgegenkommt.

Nach dem Frühstück fragt mich die Dame an der Rezeption, ob ich in diesen Tagen schon einmal auf dem Burgberg war. Sie erzählt mir, daß die Marienkirche noch in den letzten Kriegstagen von der russischen Artillerie einen Volltreffer bekam, ein deutscher Beobachtungsposten hätte sich in der Kirchturmspitze eingenistet.

Das Haus, in dem Eva und ihre Mutter wohnten, steht in der Krankenhausgasse. Es ist ein altes Mehrfamilienhaus mit einer Brandmauer und einem Hinterhof, wo eine verrostete Eisenleiter hinauf zu den Schornsteinen führt. Die Biberschwänze auf dem Dach haben Moos angesetzt, auf den Dachrinnen gurren die Tauben.

Ich gehe durch den Hausflur. Neben dem Treppenaufgang hängt an der Wand die Hausordnung, vor den Briefkästen bleibe ich stehen und lese die Namen der Mieter, Havran, Dvořak, Košutek. Langsam steige ich die Treppe nach oben, es sind noch immer die alten hölzernen Stiegen von damals. Im ersten Stockwerk, wo einst Eva gewohnt, eine dunkelbraune Glastür, auf dem Messingschild Dipl. Ing. Ruzička.

Ich erinnere mich an die weißlackierte Tür von einst, an das Namensschild Dr. Ruth Weinheim. Die Messingbeschläge waren stets geputzt und glänzten golden im Widerschein der Treppenfenster.

Die Wohnzimmerfenster gingen hinaus in den Garten. Die Wände waren weiß getüncht, die Möbel sparsam aufgereiht, da und dort ein Bild. In der Ecke ein mächtiger Kachelofen, grün, aus weinrotem Rips die Polstersessel. Die Bücherregale waren voll von medizinischer Fachliteratur, aber auch die Werke von Grillparzer, Stifter, Hofmannsthal und Rilke standen da.

Nein, ich will nicht weitergehen, ich habe Angst, daß eine andere Frau die Wohnungstür öffnet ...

Eva war achtzehn Jahre alt, als unsere Liebe begann, ein Jahr jünger als ich. Ihre Mutter kam aus der Slowakei, dem alten Preßburg, dem heutigen Bratislava, ihr Vater aus der Karpaten-Ukraine. Ich habe ihn nie kennengelernt, er war frühzeitig mit seiner tschechischen Geliebten nach Brünn gezogen und hatte von dort die Scheidung eingereicht.

Eva wohnte keine fünf Minuten von meinem Elternhaus entfernt. Jeden Morgen trafen wir uns auf dem Hauptbahnhof und fuhren zusammen in die Handelsakademie nach Troppau, im Winter, wenn es noch dunkel war, und im Frühling, wenn das Morgenrot hinter dem Burgberg hoch kam.

Durch meine Liebe zu Eva kam ein Lerneifer über mich, der mir in den Jahren zuvor total fremd war. Was haben wir uns nicht alles gemeinsam erarbeitet, die Einkommenslehre, die Konsumtionslehre, die Konjunktur- und Krisenlehre. An manchen Tagen kam Evas Mutter ins Wohnzimmer, lehnte sich an den Türpfosten und hörte zu, wenn wir uns gegenseitig die englischen Fachvokabeln abfragten. Ihr Schweigen war wie ein Resonanzboden.

Aus unserem täglichen Nachhauseweg wurden längere Spaziergänge, aus einer Stunde plötzlich ein ganzer Nachmittag. An den bereiften Wiesen ging es entlang, an den zugefrorenen Flüssen. Nein, wir stürzten uns nicht wie die anderen kopfüber in unsere erste große Liebe, wir gingen schrittweise, von Tag zu Tag lebten wir bewußter, intensiver, mit einer inneren Entschlossenheit kam Eva auf mich zu, die mir heute noch rätselhaft ist.

Es machte mir nichts aus, auf Eva zu warten, ich war nicht ungeduldig, ich stand vor ihrem Haus, lehnte mich an einen Baum und sah hinauf zu ihrem Zimmer, sah hinter den Gardinen ihren Schatten.

Ja, diese Schatten, hat sie später zu mir einmal gesagt, man wird sie wohl sein ganzes Leben nicht mehr los.

Evas Augen waren von einem hinreißenden Grau, einem Steingrau.

Nach dem Abendbrot Lektüre, Grillparzers Tagebücher. Plötzlich hebt Ludmila den Kopf, blickt mich an, sieht zur Tür, ihre Augen werden immer größer, sie richtet sich auf, beginnt zu knurren. Jetzt geht ihr Blick durch das ganze Zimmer, sie nimmt etwas wahr, das ich nicht sehe. Wie sie dem Unsichtbaren nachschaut, als es das Zimmer verläßt.

Es dauert lange, ehe sich Ludmila wieder beruhigt hat und die Augen schließt.

Zweiundzwanzig Uhr. Abendlicher Rundgang um das Rathaus. Um diese Uhrzeit hat die Zahl der Betrunkenen auf der Straße zugenommen, sie stehen in kleinen Gruppen beisammen und tragen ihre Meinungsverschiedenheiten mit schwerer Zunge aus.

Ich gehe gern durch die schlafende Stadt, keine Autos, kein Pferdegespann. Ich wechsle von einer Straßenseite auf die andere, gehe durch die alten schmalen Gassen. Es ist unheimlich still unter den Schwibbögen. Ich sehe, wie sich die Vergangenheit ganz langsam aus dem Mauerwerk hervorwagt, und plötzlich haben auch die Gassen wieder ihre alten Namen, da ist die Kirchengasse, die Pförtlgasse, die Mühlbachgasse mit dem Geruch nach Flußwasser. Ich sehe, wie sich hinter den geöffneten Fenstern die Vorhänge ganz langsam bewegen. Sind es die Träume der Menschen, die jetzt durch das Schlafzimmer gehen? Ich ahne ihren schweren dumpfen Schlaf. Da sind aber auch die Stimmen der Bäume, der Steine und plötzlich ein Schimmer, der von einem Blumenbeet kommt, milchweiße Rosen ...

24. September

Die Stadt schien heute früh wie in Watte gepackt, nicht einmal die Kirchtürme waren von meinem Fenster aus zu sehen. Seit einer Stunde klart es auf.

Wieviel Menschen haben in diesem Hotelbett schon geschlafen, was wurde auf dem Kopfkissen nicht alles gedacht, geträumt, das Linnen ist über und über mit Worten beschrieben, und die Leidenschaft hat ihre Ausrufungszeichen gesetzt.

Gewiß, es ist ein Bett wie jedes andere auch, die Aufwartefrauen haben es am Morgen gelüftet und wieder gebaut. Doch ein richtiges Bett ist es nie gewesen, es war immer nur ein Übergangsbett für ein paar Tage, ein paar Wochen. Diese Betten sind anonym und doch kann es vorkommen, daß der nächste Gast einen kleinen perlmutternen Knopf von einem Damennachthemd zwischen den Kissen findet. Man müßte eine Eingabe an die Hotelleitung machen, sie möge in Zukunft etwas schweigsamere Betten in den Hotelzimmern aufstellen.

Wenn man in einem Hotelbett schläft, sollte man immer auch dessen Vergangenheit mit einbeziehen, man kann nicht so tun, als wäre es jungfräulich. Ich sehe, wie das fremde Fleisch aus den Federn steigt, das Fenster aufstößt, sich streckt, eine Zigarette anzündet, nein, keine weiteren Vorstellungen, das führt zu nichts, schade um die Zeit, ich möchte heute vormittag noch hinauf auf den Burgberg ...

Die Gottesmutter vom Burgberg ist eine einfache Frau, keine vielgefeierte Himmelskönigin, mit einer solchen Gottesmutter konnte man keine Geschäfte machen, auch war sie für den Adel und die österreichischen Hofdamen viel zu weit von Wien entfernt. Sie war zufrieden mit dem, was man ihr einst in die Hand gelegt: eine Tuchmacherstadt und am Horizont das Gebirge. Wer aber war es, der an den Sonn- und Feiertagen, am Tag der Mariä Himmelfahrt immer wieder zu ihr aufstieg? Es waren die Bauern aus den umliegenden Stadtdörfern Krotendorf, Weißkirch und Komeise, es waren die Arbeiter und die Arbeiterinnen aus den Fabriken. Auch meine Großmutter, sie hat ein Leben lang als Spinnmeisterin gearbeitet, wanderte Jahr für Jahr den Berg hinauf. An manchen Tagen konnte man dort oben wahrhaftig der Himmelskönigin begegnen und war überrascht, wie bescheiden sie daherkam. Keine Brokatseide, keine seidenen Schuhe, sie kam in einem Lodenmantel, sie wußte, wer sechzig Stunden in der Woche in einer Tuchfabrik arbeitet, den verlangt es nach einer anderen Himmelskönigin. Und wenn Maria am Tag ihrer Himmelfahrt die Bauern aus den umliegenden Dörfern zum Mittagessen einlud, gab es Marillenknödel mit brauner Butter und Mohn.

Der Aufstieg zur Wallfahrtskirche wird auch heute noch durch mehrere hundert Steinstufen erkauft. Ich weiß nicht, wieviel Stufen es genau sind, als Knabe habe ich sie einmal gezählt, dreihundert mögen es sein, vielleicht auch etwas mehr. Uralte Bäume werfen ihre Schatten auf die steinernen Treppen, Sonnenflecken sprenkeln den Weg. Nach einer guten Fußstunde steht man auf dem Gipfel des Berges, und die Kirche, weiß getüncht, leuchtet weit hinaus in das Land.

Der Blick ins Innere: nein, so lichtfreudig hatte ich sie nicht mehr in Erinnerung, obwohl ich als Knabe oft bei der Sonntagsmesse auf der Empore die Geige gespielt. Gewiß, die Fenster sind breit, hoch, bogenförmig, sie streben nach oben, erreichen fast schon die Decke. Mit voller Wucht trifft das Sonnenlicht die Bergkuppe, von allen Seiten bricht es in die Kirche ein. Das Fensterglas ist hell, durchsichtig, es ist ein standhaftes Licht, das selbst noch den letzten Winkel der Kirche ausleuchtet, keine zitternde Helligkeit.

Diese Kirche hatte kein reiches Kloster im Rükken, sie wuchs durch Spenden aus dem kargen Boden der Bergkuppe hervor, sie ist auch nicht die Krönung eines Baugedankens wie etwa die Nikolauskirche in Prag, sie hat sich nie von der Erde abgehoben, keine schwebende Vollkommenheit, kein göttlicher Thronsaal. Im Gegensatz zu anderen Barockkirchen ist der Raum karg, die Pracht der Dinge wird zurückgenommen. Und doch hatte ich den Innenraum nicht so groß in Erinnerung, er scheint gewaltiger zu sein, als es der Grundriß zuläßt, keine Pfeiler, keine Säulen, wie gebannt stehe ich mitten im Raum. Hier läßt sich nichts mehr teilen, hier ist Spannung und Harmonie zugleich. Ich fühle eine Heiterkeit in mir aufsteigen, wie ich sie in anderen Kirchen nie erlebt habe, selbst die Decke scheint ohne Gewicht. Träte jetzt die Gottesmutter herein, ich würde mich vor ihr verbeugen und sie bitten zum Tanz.

Im Inneren der Kirche kein Schwelgen in Blau oder Ocker, das jungfräuliche Weiß dominiert. Keine Engel, die aus dem Himmel herab auf die Erde steigen mit einem vergoldeten Palmenzweig in der Hand. Und wo sich kräftigere Farben nicht vermeiden ließen, ich denke an die Fresken an der Decke, wurden sie mit einem schwebenden Unterton gemalt. Erst im Altarraum bricht das Gold wie ein Posaunenton in die Stille ein.

Ein wackerer Meister muß hier den Mörtel gemischt haben. Wie eine liebende Hand schirmt seine Decke den Raum gegenüber dem Weltenraum ab, und doch geht der Blick durch die Decke hindurch in einen offenen Himmel.

Ich gehe auf die Empore, das Orgelpult ist nicht verschlossen. Ich schalte das Gebläse ein, zaghaft drücke ich auf eine Taste, ein ferner flötenhafter Ton, ich versuche, mit beiden Händen zu spielen, die Töne werden voller, die Stimmen zahlreicher, ich ziehe die Register, und plötzlich fängt es in mir selbst an zu singen und zu jubeln. Ich stehe auf und sehe nur noch das Licht, das wie das Brausen Gottes in die Kirche einbricht …

Heute warte ich vergebens auf einen solchen Sturm, da flüstert von den Kanzeln nicht einmal mehr der Wind.

Einen Steinwurf weit von der Kirche entfernt lag die Gedächtnisstätte für den Dichter Bruno Hans Wittek, den Altmeister der Heimatliteratur Viktor Heger und den Komponisten Engelsberg. Die Anlage wurde geschleift, die aus dem Stein herausgehauenen Köpfe mit einem Hammer zertrümmert.

Auf dem Nachhauseweg stoße ich auf eine stengellose Eberwurz, eine Silberdistel. Meine Großmutter hatte den Blütenkopf einer Silberdistel senkrecht in ein altes geschliffenes Weinglas gestellt. Der Kranz der Hüllblätter um den goldenen Kern sah aus wie eine kleine versilberte Monstranz, die uns die Natur selbst in die Hand gespielt.

Die Wende verfolgt mich bis in meine alte Heimat. Wenn ich am Abend in der Auenlandschaft der Schwarzen Oppa spazierengehe, treiben die Obdachlosen aus Thüringen den Fluß hinab.

Für mich gibt es kein fremdes Leid, keinen fremden Hunger, keine fremde Obdachlosigkeit.

25. September

Heute nacht zählte ich die Stundenschläge der Turmuhr. Nach dem zwölften Glockenschlag kam von den Bergen der Sturm, fegte die Straße entlang, rüttelte an den Fensterläden. Ludmila lag am Fußende des Bettes, hob unwillig den Kopf. Den Einuhrglockenschlag habe ich nicht mehr gehört, als ich aufwachte, schien durch das Fenster die Sonne.

Kreislaufstörungen. Gehen Sie zu Doktor Drda, sagte Frau Přihoda, keine drei Minuten von hier entfernt ist seine Praxis, quer über den Markt, ich melde Sie an.

Ihr Blutdruck ist viel zu niedrig, sagte der Doktor, aber sonst ist alles in Ordnung, auch das Elektrokardiogramm. Trinken Sie jeden Morgen zum Frühstück eine kleine Flasche Sekt, einen Piccolo, nicht mehr, das ist die beste Medizin.

Auf dem Rückweg sehe ich eine alte Frau über den Marktplatz gehen. Ich halte die Hand über die Augen, das grelle Licht der Sonne blendet mich. Sie geht langsam, Schritt für Schritt, ganz vorsichtig, fast etwas tastend. Als ich bei ihr ankomme, traue ich kaum meinen Augen, Mutter, sage ich. Sie hebt den Kopf und sucht mit ihren halbblinden Augen mein Gesicht. Sie hat noch immer diese schönen graugrünen Augen, doch ihre Pupillen sind nicht größer als ein Stecknadelkopf. Ich weiß, noch kann sie etwas sehen, wie durch ein Rohr, ihr Blickfeld ist eingeengt.

»Ach, du bist es, Junge, wie gut, daß du wieder einmal auf Urlaub bist«, sagt sie zu mir. Ich nehme ihr die Einkaufstasche mit den Kartoffeln aus der Hand.

»Mutter, ist denn niemand im Haus, der für dich einkaufen geht, du könntest fallen.«

»Ich falle nie, ich darf nicht fallen«, dann hakt sie sich bei mir unter, und wir gehen langsam in Richtung Beethovenplatz.

Ich sehe Mutter von der Seite her an. Ihre Frisur ist tadellos in Ordnung, sie geht also immer noch einmal im Monat zum Friseur.

»Und wo ist Vater, er könnte dir tragen helfen, er ist doch in Pension.«

»In Pension?« Er muß weiterarbeiten, Wehrmachtsaufträge in Hülle und Fülle, immer nur dieses graue, erdgraue Tuch, zum Erbarmen.«

Auf dem Nachhauseweg überkommt mich die Scham, ich hatte meiner Mutter keine einzige Blume mitgebracht. Ich weiß, sie hätte sich über ein paar Blumen gefreut, auch wenn es Feldblumen gewesen wären. Ach was, habe ich mir auf der Fahrt von Charkow nach Krakau gedacht, Mutter hat doch hinter dem Haus einen großen Garten, dort blühen die Blumen bis tief in den Oktober. In einem Laden Blumen kaufen und das mitten im Krieg?

Plötzlich lächelt Mutter mir zu, als hätte sie meine Gedanken erraten. Mein Gott, Junge, die Hauptsache, du bist gesund und für ein paar Tage wieder einmal zu Hause. Wie lange darfst du bleiben …

... warte doch, rufe ich ihm zu, dem Studenten aus dem fünften Semester der Handelsakademie. Du könntest ruhig etwas langsamer gehen, ich bin über die Siebzig und nicht mehr der Jüngste.

Es war Hochsommer, ein Tag heißer als der andere, es waren Tage mit Stechfliegen, Schmetterlingen und Eidechsen. Die Bremsen spielten bis tief in die Nacht hinein verrückt, saugten sich an den feuchten Hemden fest. Blutsauger.

Eva und ich hängten unsere Kleider an eine Weide und sprangen vom Ufer aus ins Wasser. Wir fühlten seine sanften Umarmungen, tauchten unter, kamen wieder hoch, ließen uns treiben bis an das Wehr. Bis auf den Grund des Flusses konnte man sehen, zwischen den Steinen Flußkrebse, kleine Blutegel, kaum sichtbar im Wurzelwerk der Hecht.

Es war oberhalb des Wehres, dort, wo das Wasser noch still und ruhig unter den Weiden stand, als ich Eva zum erstenmal in meine Arme nahm. Ich sah weder den Himmel über dem Fluß noch das Sonnenlicht in den Wellen, ich fühlte nur noch ihre Lippen, ihren Körper, spürte zwischen uns aber auch das Wasser, dieses kühle fließende Wasser, es war überall.

Mit glitzernden Armen und Beinen stiegen wir ans Land. Auf Evas nackter Haut tausend Lichtsplitter, es schien, als wollte das Licht in den Wassertropfen zu tanzen beginnen. Wir legten uns in das kniehohe Gras, Blaugras, Margeriten, wir lagen Hand in Hand und sahen den Schmetterlingen zu.

Sie standen in der Luft, schossen über den blühenden Disteln zusammen, drehten, jagten, umspielten sich, und plötzlich waren sie wie vom Erdboden verschwunden, in alle Winde zerstreut, die Luft war leer, doch ehe wir uns versahen, waren sie wieder da und ihr Spiel über den Blüten konnte von neuem beginnen.

Es waren Tage, in denen unsere Haut nach Wind, Gras und Wasser roch, die Luft nach Blütenpollen schmeckte. Wie oft kamen wir mit Blütenstaub im Haar nach Hause, und im Mund den bitteren Geschmack vom Flußwasser.

Die Liebe in uns nahm zu, ihre Lust und ihre Trauer.

Die Stechfliegen, diese Gnitzer und Schnaken, ein Leben lang haben sie mich verfolgt. Fast alle waren zart, schlank, hatten lange dünne Beine, sie waren so leicht, daß man sie gar nicht spürte, wenn sie sich auf die Haut setzten. Wohin ich auch kam, überall stieß ich auf diese Zweiflügler. Am Dnepr brachten sie mir das wolhynische Fieber, in Sizilien die Malaria tertiana.

Die Forelle am Abend war gut gebacken, der Wein leicht und kühl, und doch habe ich in dieser Nacht die Kindheit weinen gehört. Noch immer derselbe Ort, aber nicht mehr die gleiche Stunde. Und Deutschland? Welches Deutschland ...

26. September

Wie oft habe ich mich in den letzten Jahren gefragt, war das der Sommer, der Winter, spurlos gehen heute die Jahreszeiten ineinander über, sie haben kein eigenes Gesicht mehr.

In meiner Kindheit war der Winter ein ganz anderer Widersacher. Sankt Nikolaus ging mit Eiskristallen im Bart von Haus zu Haus, und in den Weihnachtsferien zogen wir unsere Schlitten durch fußhohen Schnee. Das Wasser in den Flüssen fror bis auf den Grund, und der Frost sprengte im Stadtpark die Bäume. Kein Winter, in dem wir nicht im Februar eine Woche Kälteferien hatten. Der Februar war wahrhaftig noch ein Hornung und der Mai ein Wonnemond, barfuß liefen wir durch die Löwenzahnwiesen. Im Sommer kochte an den Sträuchern die Schwarze Johannisbeere, süß-schwärig hingen die Stachelbeeren am Stamm, und im Juli kamen die schweren Gewitter über das Gebirge. Mit schwefeligen Rändern stiegen die Wolken hoch, die Wolkentürme wuchsen ins Unendliche, der Himmel wurde dunkel, alle Wesen duckten sich ab. Mein Gott, was waren das für Gewitter, das Elternhaus bebte bis in die Gundfesten, wenn ein Blitz krachend in die Bäume fuhr und das Holz spaltete. Waren die Wetter abgezogen, stellten wir uns splitternackt in den Regen.

Nach dem Mittagessen gehe ich in Richtung Schellenburg, wo neben dem Waldweg die Haselsträucher stehen. Zwischen den tiefgezähnten Hochblättern sitzen um diese Jahreszeit bereits die braunen hartschaligen Nüsse. Ich stopfe mir die Hosentasche voll, plötzlich sehe ich zwischen den Ästen einen flüchtenden Schatten. Eine Haselotter?

Jede Schlange kehrt zu dem Ort zurück, von dem du sie vertrieben, sagte einst mein Vater zu mir, rühr dich nicht von der Stelle, bleib stehen, habe Geduld.

Ich weiß nicht, wie lange ich im Schatten der Büsche gewartet habe, plötzlich ist sie wieder da. Ich sehe, wie sie sich an einem armdicken Ast emporwindet, erkenne deutlich den Schlangenkopf, auf ihrer braunen Oberseite den Nackenfleck, den langen, dunklen Schlangenleib, der sich Zoll um Zoll an den Ästen nach oben schiebt. Zuweilen hebt die Natter ihren Kopf, läßt die Zunge spielen, dann kriecht sie weiter, eine Bewegung, die in ihrer Harmonie vollendet ist. Die Haselotter ist eine ungiftige, aber äußerst bissige Schlange. Als Knabe biß mir bei einer Wanderung durch das Gebirge ein kräftiges Exemplar von über einem Meter Länge in die Hand. Es sind nicht die Nüsse, die die Schlange anlocken, es sind die kleinen braunen Haselmäuse, auf die sie Jagd macht.

Was fasziniert mich an einer Schlange? Ist es die kriechende Bewegung, das Fehlen der äußerlich heraustretenden Gliedmaßen oder die feste schuppige Haut, die nach der Häutung als Natternhemd zurückbleibt? Ich habe Schlangen in der Ruhelage beobachtet, spiralförmig zusammengerollt, ich habe ein Ohr für das schabende Geräusch ihrer Bauchschuppen, wenn sie sich über eine Felsplatte schieben. Die Schlange ist für mich das einzige Tier, das weder eine Maske hat noch ein Gesicht. Man kann sie nicht fixieren, weder ihr Profil noch das Frontale ist faßbar, immer ist sie in Bewegung, sie dreht sich um sich selbst, entwindet sich der eigenen Schlinge, sie scheint in ihrem Wesen wahrhaftig der Widerpart des Menschen zu sein.

Für mich war die Schlange schon als Kind ein Warnzeichen, bis hierher darfst du beim Pflücken der Walderdbeeren gehen, weiter nicht, dort oben beginnt der Schlangenberg, dort hausen die Kreuzottern. Nur einmal in meinem Leben ist es mir wie ein Schock durch alle Glieder gefahren, im Sommer 1943 auf Sizilien, ich war mit einer Kabelrolle unterwegs und legte quer durch die Macchia eine Telefonleitung. Plötzlich stand ich vor einem Schlangenhügel, mindestens vier ausgewachsene Sandvipern lagen ineinander verschlungen auf einem Steinblock und wärmten sich in der Morgensonne. Sie lagen nicht einzeln, nein, sie bildeten ein ganzes Knäuel, hoben ihre Köpfe, waren voller Aggressivität. Vor Schreck entsicherte ich die Pistole.

Eine Gefahr muß in der Schlange verborgen sein, die unseren Instinkt seit Jahrtausenden wach gehalten hat, die den Menschen Furcht und Verehrung abtrotzt. Die Könige im Niltal trugen die Schlange als Kopfschmuck, am Fuß des Kreuzes finden wir sie wieder. Es ist die Schlange, die immer wieder am Rand unseres Lebens auftaucht. Wenn es wirklich einen Berg der Tiere gibt, wie Paul Klee in seinen Tagebüchern notiert, dann müßte auf seinem Gipfel eine Schlange hausen. Er schreibt: »Die Tiere wissen nicht, daß sie wissen.« Ob es die Schlange ist, die unter den Tieren weiß, daß sie weiß?

Auf dem Rückweg brach ich mir für meine Vase einen früchtetragenden Zweig der Mährischen Eberesche. Wenn der Wind die Blätter wendet, wird die wollig filzige Unterseite sichtbar.

Am Abend zieht sich das Leben frühzeitig in die Häuser zurück.

Unter den Lauben eine verräucherte Schenke, der Raum ist niedrig, die Wände sind dunkel. Auf den Tischen stehen leere Gläser herum, Flaschen, angeschlagene Kaffeetassen, alles redet, raucht, lacht und trinkt. Ein Durcheinander von Gesichtern. Vergeblich suchen meine Augen nach einem leeren Platz. Ein bejahrter, kurzatmiger Mann in einem abgetragenen Jackett kommt auf mich zu. Ich sehe an der Innenseite seines offenstehenden Kragens dicke Schmutzränder. Sein Gesicht ist aufgedunsen, unter den Augen Tränensäcke. Er blickt mich an und sagt: Bruder, komm an die Theke. Ich wende mich ab und gehe in Richtung Ausgang.

Ein Dämon hat von den Menschen Besitz ergriffen, er hat sie gefesselt, nicht nur an Händen und Beinen, auch das Herz wurde in Ketten gelegt.

Es ist das Geld, das die Menschen Tag und Nacht

nicht mehr zur Ruhe kommen läßt. Wir leben in einer vom Geld getriebenen, vom Geld beherrschten Gesellschaft. Bis in unsere geheimsten Gedanken dringt es ein. Kein Politiker auf der Welt hat so viele Verbündete wie das Geld. Selbst die Liebe muß sich vor ihm in acht nehmen, weil es voller Eifersucht ist. Wer sich auf Spekulationen mit dem Geld einläßt, geht allzuoft als Geschlagener aus dem Ring. Vorsicht vor den antidemokratischen Phänomen, das Geld heißt.

Wie eine Hostie
halten sie in der erhobenen Hand das Geldstück,
gehen von Mund zu Mund
und legen es den Menschen auf die Zunge.

Die Freiheit,
eingeschmolzen in ein Silberstück.

Um die Jahrhundertwende schrieb der Politiker Stolypin an Leo Tolstoi: »Ich komme zu dem Schluß, Herr Graf, daß die Armut die grausamste Form der Unfreiheit ist.«

Die Kälte zwischen den Menschen nimmt zu. Man kann sie zählen, die heute noch ein Windlicht für einen anderen ins Fenster stellen.

27. September

Ein ganz warmer Herbsttag, die Männer haben ihre Sonntagsanzüge aus dem Schrank geholt, die Frauen ihre bunten Kleider, sonntäglich ist auch der Park, der Schrei der Dohlen, die um den Kirchturm fliegen.

Die jungen Leute flanieren unter den Lauben auf und ab. Mit knatterndem Flügelschlag fliegt am Rathausplatz ein Taubenschwarm in die Luft. Der Burgberg ist von Wolkenschatten frei, ja selbst das Gebirge scheint am Horizont zu schweben. Glashell liegt die Landschaft da, vom Nachsommer gesättigt, doch im Schatten der Häuser spürt man bereits eine leichte schauernde Kühle.

Es gibt Erinnerungen, die sind wie ein blühender Apfelbaum unter einem blauen Himmel.

In den Sommermonaten gab es im Stadtpark, nach dem Hochamt, das sonntägliche Blaskonzert. Die Anlagen waren voll von Menschen, keine Bank blieb leer. Unter den schattigen Bäumen wogte das Leben, die Menschen spazierten die Parkallee hinauf und wieder hinab, da und dort eine kleine stehende Gruppe, schnell schoß etwas zusammen, man redete aufeinander ein, trennte sich. Kleine Mädchen verkauften aus einem Weidenkorb Veilchen, fünfzig Heller der Strauß, der Brezelmann war unterwegs, die Mütter griffen in die Tasche, die Augen der Kinder wurden groß. Sieben Brezeln aufgereiht auf einen Zwirnsfaden, und in den Ohren den Kaiserwalzer, den Radetzkymarsch.

Eva kam zum Parkkonzert immer in langen weißen Handschuhen, den Sommerhut in der Hand, aus Stroh geflochten. Um den Hals trug sie eine Kette aus Böhmischen Granaten. Sie legte ihre Hände auf meine Schultern und berührte mit ihren Lippen ganz leicht meine Wangen.

Es war eine ruhige Zeit, eine glückliche Zeit, uns schien, als wäre die ganze Stadt froh. Keiner ahnte, daß sich Europa auf einen zweiten Weltkrieg zubewegt, und daß sich die Menschen, zwei Jahre später, gegenseitig umbringen werden.

Meine Liebe zu Eva lebte von einer träumerischen Zärtlichkeit, die Durchgeistigung des Sinnlichen war mir damals noch fremd.

Nun ist sie wieder da, die Langeweile am Sonntagnachmittag, ich habe sie schon als Knabe erlebt. Die Straßen sind wie ausgestorben, die ganze Stadt scheint in einen Mittagsschlaf versunken zu sein. Bis an die Rezeption hat sich die Langeweile vorgearbeitet, wo heute, in Vertretung von Frau Přihoda, ein älterer Herr Platz genommen hat, ein Rentner. Er sitzt da und sieht durch das Fenster hinaus auf die Straße.

Was soll ich tun, nach einem Buch greifen, soll ich hinüber ins Stadtcafé gehen und Billard spielen oder soll ich nach Ludmila rufen und mit ihr im Kreuzgang auf und ab gehen? Selbst die Dohlen sind an diesem Nachmittag viel zu träge und haben ihre Flüge rund um die Kirchtürme eingestellt.

Ich gehe ans Fenster. Eine hochschwangere Frau in einem weiten Sommermantel tritt aus dem Nachbarhaus, ich sehe, wie sie schwerfällig über die Straße geht. Plötzlich kommt vom Rathausplatz eine Windhose und reißt ihr den weißen flachen Hut vom Kopf.

Am späten Nachmittag Spaziergang. Hinter Krotendorf dehnen sich die Felder, die alten Gemarkungen sind lange schon durchbrochen. Von der Tonheide her leuchten die weißen Stämme der Birken.

In großer Ruhe liegt das Gebirge da, keine Wolken, der Himmel ist ohne Bewegung. Der Blick geht hinüber auf die schwermütigen Höhenzüge des Altvaters, wo die Hochmoore liegen und die ersten Herbststürme über das Knieholz gehen.

Nach dem Abendessen kommt im Hotel die große Ruhe auf, nur noch Ludmila schleicht durch das Treppenhaus. Wenn ich die Stiegen heraufkomme, springt sie mit einem Satz aus dem Versteck auf mich zu, und ich muß den Erschrockenen spielen. Eine Treppe höher wiederholt sich das Spiel.

28. September

Heute vormittag fragte mich Frau Přihoda, ob ich nicht für immer in meiner Vaterstadt bleiben möchte. Gedanken an eine Rückkehr werden lebendig, die Versuchung ist groß.

… wenn ich zu Eva kam, fand ich in ihrer Vase stets ein paar Zweige der Mährischen Eberesche, nicht nur im Herbst, wenn die Früchte scharlachrot leuchten, nein, auch im Frühling stand in einer Ecke ein Busch. Ich weiß nicht, warum Eva den Vogelbeerbaum so geliebt hat, waren es die eschenähnlichen Blätter, die dichten Dolden, die roten Fruchtstände? Vielleicht war es das rötliche, im Kern schwer spaltbare Holz? Ihre Mutter hatte aus diesem Holz einen siebenarmigen Leuchter im Wohnzimmer zu stehen.

Wie oft lagen Eva und ich im Schatten einer Eberesche, unter ihrer lichten, locker verzweigten Krone, und sahen zwischen den gefiederten Blättern hinauf in den Himmel. Die Früchte waren von einer ruhigen, aber leuchtenden Üppigkeit, jeder einzelne Ast trug mehrere Trauben. Welche Kräfte mögen es gewesen sein, die einst aus der wildwachsenden Eberesche diese eßbare bitterfreie Vogelbeere in die Welt gesetzt? Sind es die biologischen Felder, die eine solche Spielart schaffen?

Die Mährische Eberesche ist ein lichtes anspruchsloses Gehölz, das fast in allen Böden Wurzeln schlägt, selbst noch im Steingeröll. Es gibt keine Ebereschenwälder, die Bäume stehen immer etwas abseits, neben dem Weg, am Rande der Dörfer, an den Straßen. Und dennoch webt ein eigenartiger Zauber um diesen Baum. Ich fühle, wie er sich nicht nur mit seinen Früchten, sondern auch mit seiner ganzen Aura dem Menschen zuwendet.

Sorbus aucuparia, var. Dulcis, süße Eberesche, als Kinder haben wir zu dir Judenkirsche gesagt.

Am späten Abend gehe ich an meinem Elternhaus vorbei, an der Gartentür bleibe ich stehen, vor einem Emailleschild mit einem tschechischen Namen. An der Hauswand Septemberrosen. Hier scheint sich die Zeit in den letzten Jahren kaum bewegt zu haben.

In diesem Haus bin ich groß geworden, in seinem Garten habe ich als Schulbub die ersten Weichselkirschen gepflückt, die ersten reifen Marillen geerntet. Mehr als sechzig Jahre sind seit jenen Tagen vergangen, und noch immer steigt die Bitterkeit in mir auf. Alles wird in seiner Verborgenheit wieder sichtbar. Ich höre den Knaben im Wohnzimmer La Folia von Corelli üben, höre das Andante, das Adagio, meine Freundin, die Dohle, kommt durch das Fenster, hüpft mir auf die Schulter und läßt sich durch den Garten tragen, ich sehe mich in der Wohnküche sitzen und tschechische Vokabeln lernen. Und wieder höre ich Vaters strenge Stimme: du gehst mir erst dann auf den Sportplatz, wenn du die fünfzig Vokabeln wie aus dem ff beherrschst, wie aus der Pistole geschossen müssen die Worte kommen. Es war eine Zeit, in der man den Gefühlen seines Herzens näher stand als dem Verstand, wo Gegenwart und Traum ohne Bruch ineinander übergingen, das Sichtbare unsichtbar und das Verborgene plötzlich sichtbar wurde.

Ich glaube, daß ich schon einmal auf der Erde war, den Ort meiner Geburt habe ich mir selbst gewählt. Die Redewendung der Bergbauern, »du hättest dir andere Eltern aussuchen sollen«, zielt sie nicht auch auf diese freie vorgeburtliche Willensentscheidung ab? Solche und ähnliche Gedanken kommen in diesen Tagen immer wieder auf mich zu, sie gehören zur Bilanz der späten Jahre.

Am Abend einen Schoppen Weißwein aus Nikolsburg.

In diesem Wein ist die Kraft der Erde, aber auch die Lieblichkeit der mährischen Landschaft. Wenn man das Glas hebt, beginnt der Wein zu leuchten. Nein, dieser Wein zwingt den Menschen nichts auf, er führt in dein Denken auch keine fremden Bilder ein, und dennoch lehrt er dich mit anderen Ohren zu hören, mit anderen Augen zu sehen.

29. September

Meine Zeit im Hotel Moravia, dem alten Minoritenkloster, gleicht dem Aufenthalt in einer Kartause. Es gibt Tage, da bin ich der einzige Gast, bin allein, spreche mit niemandem, nur hin und wieder mit der Dame an der Rezeption ein paar Worte tschechisch, damit ich nicht alles vergesse.

Vielleicht ist der Aufenthalt in meiner Vaterstadt nichts anderes als eine Station, um in den letzten fahrenden Zug, der kurz vor Mitternacht geht, umzusteigen. Und so beginne ich von neuem zu fragen, was das Leben eigentlich ist, dieses Ich …

… Tag für Tag waren wir in den Sommerferien unterwegs, nachts schliefen wir in den fahrenden Zügen, in den Personenwagen dritter Klasse, auf den breiten Holzbänken ließ es sich gut ruhen. So fuhren wir nach Osten, in die Beskiden, von der Hohen Tatra bis hinunter in die Karpaten-Ukraine. Da lagen wir in unseren Schlafsäcken, den Blick zum Fenster, und rollten in die dunkle Nacht, hörten das Bremsen des Zuges, das Anfahren, das Ausrufen der Stationen, manchmal kam ein Fahrgast an unserem Abteil vorbei, dann wurde es wieder still. Unsere Fahrten gingen weit über Košice hinaus.

Eva hatte leichte Füße, sie ging gern in den slowakischen Dörfern zum Tanz. Und wenn ich sie dann verstohlen von der Seite her ansah, wie sie sich inmitten der fremden Dorfjugend drehte, schlug mir das Herz bis an den Hals. Ich weiß nicht, woher sie das hatte, dieses Barfuß-zum-Tanz-Gehen. Einen Leinenrock und eine Bluse, mehr hatte sie nicht an. Sie machte mich an solchen Abenden kopflos. Auf dem Weg zurück in die Jugendherberge küßten wir uns die Lippen wund.

Am Abend, wenn es draußen regnete und wir Seite an Seite unter dem Lodenmantel lagen, konnte Eva wunderbare Garne spinnen, ich weiß bis heute nicht, woher sie diese Fäden nahm. Da war die Rede von einem verzauberten Pferd, einem vergessenen Brief, einer verschmähten Braut, einem gottesfürchtigen Rabbi; wenn das Erzählen über sie kam, begann eine Reise ohne Ende, war die Zeit ohne Maß. Stundenlang konnte ich ihr zuhören.

Und wie oft las mir Eva später aus dem Sohar vor, dem Heiligen Buch der Kabbala. Heute noch höre ich ihre leise eindringliche Stimme, sehe ihre Lippen, an denen mein ganzes Leben hing. Was wußte ich damals schon von dem »höheren Lichtgewand der Seele«, von der »Macht und Reinheit des Wortes«?

Wenn ich mein Ohr ganz dicht an die Schöpfung lege, mein Gott, vielleicht könnte ich dann noch einmal Evas Stimme hören als Resonanz.

Von Anfang an haben wir Du zueinander gesagt. Wir haben über dieses Du überhaupt nicht nachgedacht, es hat sich so ergeben, wir waren Studenten, es fiel uns zu wie so vieles andere auch, man fragte weder nach dem Ton noch nach der Farbe. In diesem Du konnte man dem anderen immer noch ausweichen, es war nicht so ernst gemeint, es war ein Alltags-Du, man konnte es jederzeit in Frage stellen und wieder zurücknehmen. Ein Jahr später stand unser Du für etwas ganz anderes, hatte andere Ursachen, es glich einer Stimmgabel, war ganz auf den anderen abgestimmt, dieses Du hellte unsere Seele auf, war ohne Schatten, man legte es in die Hände eines anderen Menschen, und plötzlich fühlte man, daß es angenommen wurde.

Es gibt in unserem Leben auch noch ein anderes Du, ein unhörbares, das viele Menschen überhaupt nicht mehr wahrnehmen, ein Du, in das man sein ganzes Leben einbringen muß, obwohl es nur aus zwei Buchstaben besteht. Es ist das geistige Du, mit dem man die Toten anredet oder auch einen Engel, ein Du, das zu leuchten beginnt, wenn man es mit seinem ganzen Herzen ausspricht.

Die Menschen erinnern mich an die Termiten, kaum haben sie die Hochzeitsnacht hinter sich, fallen ihrer Liebe die Flügel aus.

Was ist das für eine geheimnisvolle Kraft, die Mensch und Katze aneinander bindet? Wollte uns die Schöpfung einen ruhenden Pol mit auf den Lebensweg geben, ein Ausruhen in uns selbst. Ich liebe dieses langsame Öffnen und Schließen ihrer Augen, freue mich an dem lautlosen Gang, jeder Schritt ist Beruhigung, kein blindwütiges Losrennen, die Katze kennt auch nicht das Unbekümmertsein des Hundes, da ist eine Hintergründigkeit mit im Spiel, die mir den Atem verschlägt. Ihr Blick kommt aus einer anderen Welt.

»Die meisten Tiere sind schön, jedoch nicht glücklich«. Ich weiß nicht, wann und wo ich diesen Satz einmal gelesen habe, wenn ich mich recht erinnere, war es in einem Essay von Theodor Däubler über Franz Marc.

Es wäre an der Zeit, daß der Mensch die Kreatur von ihrer Angst befreit.

30. September

Sie haben Glück, sagte Frau Přihoda, der Wetterbericht hat für die kommenden Tage beständiges Wetter angesagt, ein Hoch ist unterwegs, das kommt nicht allzuoft vor, wir haben Ende September.

Ein Tag ist schöner als der andere, der Himmel stahlblau, auf den Wiesen das Michaelislicht, die Herbstzeitlose mit ihren langröhrigen lilafarbigen Blüten, und die Mährische Eberesche mit ihren schwarz genabelten scharlachroten Früchten leuchtet weit hinaus in das Land, bis in mein Herz.

Weitab von den vorgegebenen Wanderwegen führt mich ein Birkenpfad durch die Tonheide, am Salvatorianerkloster vorbei. Zwischen den Birken ein zartblauer Oktoberdunst. Bilde ich es mir ein, oder duftet es hier wirklich nach blühendem Seidelbast?

Nach einer guten Fußstunde erreiche ich die Schellenburg. Der Hügel ist nicht hoch, und doch muß die Burg in der Vergangenheit dagelegen haben wie ein mächtiger Klotz, die Umwallung ist immer noch sichtbar. Der Wallgraben zeigt keine großen Höhenunterschiede, die Wallkrone ist abgeflacht, der Graben von den Jahrhunderten aufgefüllt. Bei genauerem Hinsehen erkennt man ein paar alte Grabungsfelder, Erdschichten wurden abgetragen, keine Freilegung von Mosaiken, so reich war Herr von Schellenberg nicht. Vergebens sucht der Beobachter nach ein paar alten Säulen, Kapitellen, im Hof ein kleiner rundgemauerter Brunnen, da und dort ein paar Tonscherben, wenn man Glück hat, eine Münze. Auf dieser Burg gab es keine großen weltgeschichtlichen Ereignisse, hier wurden keine Staatsgrenzen gezogen, kein raumbezwingender Geist, immer nur nacktes Mauerwerk.

Wer weiß, in welchem Jahrhundert der Grundstein gelegt wurde. Das eine Jahrhundert ging, das andere kam, erst später eine Raubritterburg. Von ihren Mauern sah man weit hinaus in das Land, sah unten auf der Straße die Beute, die abgedeckten Planwagen. Hier haben die Räuber blankgezogen, wenn sie die Kaufleute überfielen. Je dunkler die Kunde, um so geheimnisvoller die Burg.

Kleine Birken sind bis in das Innere des Hofes vorgedrungen, überall wuchert das Gras, keine Trittspur. An der südlichen Mauer bricht aus dem Boden eine Königskerze hervor, die Bodenblätter sind groß, dick, filzig, aufgewärmt von den Strahlen der Sonne. Und doch ist es zwischen dem Mauerwerk lebendig, Eidechsen schnellen über die Steine hinweg, im Kellergewölbe hängen die Fledermäuse und schnarchen, Ameisen und Mäuse haben hier ein Zuhause.

Ein Reh tritt in den Burghof, fast geräuschlos kommt es auf seinen schmalen Hufen an. Als es mich ausmacht, bleibt es erschrocken stehen und blickt mich mit großen Augen an. Wie bei allen Rehen ist auch sein Kopf kurz, abgestumpft, der Hals schlank, die Läufe sind zierlich und hoch, rostrot die Farbe der Decke. Plötzlich der Warnschrei eines Hähers, das Reh stürzt zurück in den Wald.

Ich setze mich auf einen Mauervorsprung und blicke hinüber auf das Gebirge. Ein Stück Land, das mich noch immer nicht freigegeben hat. Bis in meine Gedanken hinein trommelt der Specht.

Bei den Mahlzeiten wird mir bewußt, daß meine Heimat österreichisch-böhmisches Kronland ist. Gestern gab es Pflaumenknödel mit gemahlenem Mohn, brauner Butter und Zucker, heute stehen Marillenknödel auf dem Speisezettel, Palatschinken, die Mannigfaltigkeit der Mehlspeisen scheint in diesem Land unerschöpflich zu sein.

Nach dem Abendessen schlage ich die Tageszeitung auf: drei volle Seiten Stellengesuche und nur eine schmale Spalte mit Stellenangeboten ...

Der Mensch muß ein Recht haben auf das, was ihn von Anfang an zum Menschen gemacht hat, auf die Arbeit. Sie ist nicht nur ein Kennzeichen der Freiheit, sie gibt uns auch die Gewißheit, Mensch zu sein.

Die Fallwinde der freien Marktwirtschaft können den Menschen von einem Tag zum anderen schaudern machen und ihn für immer in die Arbeitslosigkeit schicken. Diese Angst muß aus dem Leben der Menschen verbannt werden, sie kann uns nicht wie ein riesiger Schatten von Generation zu Generation begleiten. Die Arbeit allein gibt dem Menschen die Gewißheit, daß er an den Leistungen seiner Zeit Anteil hat, sie ist immer noch das Zentrum des Lebens, in dem sich Schicksal und Freiheit begegnen.

Das Recht auf Arbeit ist aber auch ein Zeichen dafür, daß der Mensch im Blickpunkt des Staates steht, der Politik, daß er den Pulsschlag bestimmt, daß nur der arbeitende Mensch Träger der geschichtlichen Prozesse sein kann. Wo diese Einheit fehlt, tun wir den ersten Schritt in die Anarchie. Die Arbeit ist und bleibt der große Prüfstein für das Unzerstörbare in uns selbst. Arbeitslosigkeit höhlt die geistig-seelische Substanz des Menschen aus.

Das Recht auf Arbeit gehört zu den Grundforderungen der Menschenrechte. Es gibt keine Schöpfung ohne Arbeit. Eine Ablehnung dieser Forderung gäbe der Demokratie etwas Doppelgesichtiges, einen Januskopf.

Jeder Arbeitslose geht schwanger mit einem Jakobiner.

Aus dem Bewußtsein heraus leben, daß alles dem Gesetz der Wandlung unterworfen ist …

Die Nacht am Fluß ist hoch und weit, der Wind kommt immer noch von den Bergen. In Weißkirch drüben schlagen die Hunde an, und der Fluß stürzt sich wie eh und je das Wehr hinab. Der Mond hebt sich hoch, ein schöner roter Mond, aus Tonerde gebrannt, wie aus einem Feuerofen.

1. Oktober

Seitdem ich in meiner Vaterstadt bin, habe ich Zeit, viel Zeit, und so verbraucht sich die Zeit auch nur langsam. Ich bin überrascht, wie lange man mit einer Stunde auskommen kann. Das Licht, das hier durch das Fenster fällt, ist weit bis in den Abend hinein das Licht des Tages. Es gibt aber auch Stunden, da wird es in mir ganz still, da liege ich auf dem Sofa mit dem Blick zur Decke, denke an nichts, laß mich ganz einfach durchfallen. Hin und wieder höre ich vom Kirchturm her den Schrei meiner Dohlen.

Ich denke zurück an die ersten Gedichte, die ich in dieser Stadt geschrieben habe, an die ersten Tagebuchaufzeichnungen. Wieviel Straßen nahmen mich damals mit, wieviel Länder gewährten mir das Gastrecht, immer war ich auf dem Weg zu Merlin. Überall blieb ich eine Weile, doch angekommen bin ich nur selten. Und heute stehe ich unmittelbar meinen Erlebnisganzheiten gegenüber, der Kindheit am Fluß, der Liebe zu Eva, den Wanderungen durch das Gebirge, und das alles ist wie ein dauerndes Kreisen um einen unsichtbaren inneren Kern. Die Jahre beginnen sich zu durchdringen, die unterschiedlichen Räume werden aufgehoben, die einzelnen Erlebnisse, auch wenn sie Jahrzehnte auseinanderliegen, fließen wie das Wasser der Flüsse zusammen, gehen über in eine höhere Dimension.

Nachtrag

Erst im Alter werden die Erlebnisganzheiten durchsichtig, und die Idee wird wieder sichtbar im Wort.

Eines Abends sagte Evas Mutter: Kinder, ich weiß nicht, was ihr in den Sommerferien zu tun gedenkt, fahrt doch im Juli ins Gebirge, macht eine Kammwanderung von Karlsbrunn über die Hohe Heide auf den Altvater, von der Schweizerei auf den Roten Berg, vom Heidebrünnl über den Kepernik auf die Hochschar und von dort hinunter nach Freiwaldau. Ich bin im Juli auf dem Gräfenberg zur Kur und lade euch ein, drei Tage lang meine Gäste zu sein. Eva stand auf und gab ihrer Mutter einen Handkuß ...

... die Rucksäcke waren gepackt, die Lodenmäntel gerollt, aufgeschnallt Kochgeschirr und Feldflasche. Nicht zu schwer, aber auch nicht zu leicht darf so ein Rucksack sein, die Last muß stabilisieren.

Ich kannte den Wanderweg, ich war ihn mit Vater oft schon gegangen. Er führte an der Weißen Oppa entlang, einem Bergbach mit viel Geröll, kniehoch das Wasser, steingrau die Forellen. Das Bachbett war voller Geschiebe, mannshohe Felsbrocken, vom Hochwasser zersplitterte Stämme. Ging ein Wolkenbruch in den Bergen nieder, wurde der Bach zu einem reißenden Wildwasser, alles, was nicht wurzelfest, wurde hinuntergerissen ins Tal.

Auf den Wiesen blühten hüfthoch die Glockenblumen, die Graslien, gelbe Blütenkörbe, rote Kronen, weiße Trichter. Langsam versickerte der Blütenduft im strengen Geruch der Nadelwälder. Unsere

Schritte waren lautlos wie auf einem Teppich. Das Farnkraut nahm an Größe zu, am Wegrand die haarig schimmernden Stengel der Brennessel.

Hochwald. Hier hatten die Wälder etwas Weiches, den Menschen Umhüllendes. Ihre Stille war so groß, daß selbst der Sprung einer Eichkatze von einem Baum zum anderen hörbar wurde.

Der Weg verlief sich im Geröll, am Rande einer Bergwiese trat er wieder ins Blickfeld. Wir setzten über Gebirgsbäche hinweg, sprangen von Stein zu Stein, unter den Scholen gewaltige Platten aus Glimmerschiefer. Eva fand im Geschiebe einen faustgroßen Gneis, Bergkristalle blitzten uns entgegen, wie angeschossen saßen sie am Muttergestein.

Die Wälder lichteten sich, die Fichten wurden kleiner, der Blick in die Weite schloß sich auf. An den Berghängen häuften sich die Runsen, schmale Rinnen, vom Wildwasser gekehlt. An den Geröllhalden stand mannshoch der Fingerhut, ein Feuerturm, seine Blüten waren schwarz und rot gepardelt.

Knorriges Gehölz, der Wind wurde stärker, der Baumwuchs hatte aufgehört, nur noch Krüppelholz, Latschenkiefern. In dieser Höhe keine Blütenteppiche mehr, keine Blütenpolster. In der Ferne immer neue sich buckelnde Berge, der Stein trat nackt aus dem Mutterboden hervor.

Gegen Mittag Eintritt in die baumlose Zone. Der Rasen war kurz, ausgetrocknet, doch der Weg stieg immer noch an.

Die Petersteine – ein versteinertes Schiff, das auf dem Kamm einer erstarrten Woge Anker geworfen hat. In Sichtweite der Altvater.

Auf dem Berggipfel ein fester gedrungener Turm, eine Bastion, die den Dämonen Trotz bietet. Das Mauerwerk, Wackersteine. Es wäre an der Zeit gewesen, die belegten Brote auszupacken, doch der Blick über das Gebirge ließ uns den Hunger vergessen. Ein Höhenrücken hinter dem anderen, die Hohe Heide, die Petersteine, der Kepernik, am Horizont die glasigen Ränder des Himmels.

Im Winter toben sich hier oben die Kammwinde aus, die Schneegewitter. In schweren Lagen treibt der Sturm die Flocken über den Kamm. Die Sonnenstrahlen klirren vor Kälte.

Am späten Nachmittag Abstieg zur Schweizerei. In unserem Rücken der Altvater, eine gewaltige Kuppe des Schweigens.

Am Abend Unterkunft in der Schweizerei. Wir stiegen auf den Heuboden, mit dem Lodenmantel deckten wir uns zu. Die Nächte hier oben sind kühl. Es dauerte nicht lange, da fiel mit dem aufkommenden Nachtwind der Schlaf in uns ein.

Es gibt nichts Schöneres, als zu schlafen im Heu, in einem Heu, das von den Bergwiesen kommt, das in den Tälern nicht seinesgleichen hat. Ich rieche es noch heute, es war trocken und stark. Jeder Heuschober hatte einen anderen Duft. Noch immer packt mich das Heimweh, wenn ich an das Heu denke, in dem ich mit Eva geschlafen.

Ein paar Tage später, es muß auf der Hochschar gewesen sein, sagte Eva: Johannes, glaubst du nicht auch, daß es außer der Wirklichkeit, die wir Tag für Tag erleben, noch eine andere Wirklichkeit geben muß? Irgendwo müssen die Gedanken, die wir ein Leben lang gedacht, doch ein Zuhause haben, irgendwo müssen sie doch hingehen, wenn es Abend wird …

Politika I

In Deutschland ist das Geldbewußtsein stärker entwickelt als das Demokratiebewußtsein.

Von der Dame Demokratie bis zur Hure ist es oft nur ein kleiner Schritt.

Die Treuhand erinnert mich an die Schlange im Paradies, sie lockt mit einem Apfel, der nicht ihr Eigentum ist.

Die freie Marktwirtschaft kennt nicht das Du, sie sagt immer nur ich.

Die Ironie der Wende: die Ostdeutschen haben sich einer Gesellschaft angeschlossen, die selbst einer Wende bedarf.

Wenn es zutrifft, was Bizet schreibt, »daß die gesamte Zukunft den Vervollkommungen unserer sozialen Kontakte gehört«, dann bedürfen wir mehr als einer Wende.

... um mit Danton zu sprechen, müßte man so manchen Politiker fragen: »Ist denn nichts in dir, was dir manchmal ganz leise, heimlich sagte: Du lügst, du lügst?«

Die Abende werden länger, ein kalter Mond zieht durch den wolkenlosen Himmel, die toten Zonen des Herbstes nehmen zu.

Ludmila knurrt im Schlaf. Ob ich jemals erfahren werde, was eine Katze träumt?

2. Oktober

Merkwürdige Dinge sind in den letzten Tagen geschehen, so manches kam von unten wieder hoch, schaufelte sich wie ein Maulwurf die Erde zur Seite und trat aus der Röhre ans Licht ...

Ich weiß nicht, wer mein Herz so erbärmlich abgenutzt hat, die Frauen waren es sicher nicht, vielleicht war es Deutschland, immer, wenn ich über dieses Land nachgedacht, im Herbst 19938, kurz vor dem Anschluß der sudetendeutschen Gebiete an das Deutsche Reich, in den Jahren des Krieges, der Kriegsgefangenschaft, in der Zeit des Stalinismus, wurde meine Zunge trocken.

Was ist das nur für ein Jahrhundert, wohin man

auch blickt, ist das Leben bedroht. Ich habe noch nie so oft an Gerhart Hauptmanns Wort von der »bedrohten Sicherheit« denken müssen wie in den letzten Jahren. Der Mensch muß endlich den Mut aufbringen, sich die eigenen Verbrechen bewußt zu machen, das Ozonloch, die Klimaveränderungen, die sterbenden Meere. Es gibt keinen Sinn, wenn wir unsere Fenster mit blumigen Vorhängen zuziehen, wir haben dem Leben gegenüber Hochverrat begangen, haben Handlangerdienste geleistet, Sprengarbeit getan, die Lunte angezündet. Wir befinden und lange schon in einem lebensbedrohenden Zustand, suchen nach einem Notausstieg. Wie eine Springflut ist die innere Heimatlosigkeit über den Menschen hereingebrochen. Keine Tiefenatmung mehr, eine verzweifelt aufzuckende Sexualität, die Liebe scheint kraftlos geworden zu sein, sie hat nicht mehr die Kraft, die Kruste der Zivilisation aufzubrechen. Wer nicht die Möglichkeit hat, ein paar feste Pfeiler in die Brandung einzurammen, wird von den Brechern an die Klippen geworfen.

Was können wir tun, zusehen, wie der Egoismus der Menschen die Erdkugel noch näher an den Abgrund rollt, warten, bis die ersten Staudämme brechen, die ersten Sauerstofflöcher auf unsere Städte niedergehen und schlagartig hunderttausend Menschen und mehr ersticken? Die Geschäftigkeit hat eine solche Dichte erreicht, die unvorstellbar ist. Die leeren Umdrehungen in unserem Leben nehmen zu. Wir werden ganz neue Gedanken in das politische und wirtschaftliche Leben einbringen müssen, völlig andere soziale und ökologische Strukturen, wenn wir überleben wollen. Auch hinter den ökonomischen Leistungen der Menschen gibt es eine unsichtbare Fracht, die aus dem Zeitlosen kommt und dennoch das Zeitliche begleitet.

Die Verachtung gegenüber der Erde, dem Tier, der Pflanze nimmt täglich zu, aber die Politiker geben sich mit Randbemerkungen zufrieden. Jedem Ministerpräsidenten, aber auch den Aufsichtsräten in den Chefetagen der Wirtschaft sollte man Tag für Tag ein Glas mit vergiftetem Grundwasser auf den Arbeitstisch stellen als Mahnung, als Hinweis auf die fortschreitende Zerstörung der Lebensräume. Die Politiker mit ihrem Parteidenken, den Interessenverbindungen sind nicht mehr in der Lage, den Menschen vor dem immer größer werdenden Ozonloch zu schützen. Ein Rückwärtsstau ist eingetreten, der Mensch hat sich gegen seine eigenen Kinder entschieden, Haben ist alles, die Engel haben aufgehört zu singen.

Der Mensch hat sein Lebensschiff einseitig beladen, kein Wunder, wenn es im Ozean dümpelt.

Was halten die Politiker nicht alles hinter der Maske der Technokratie und des Pragmatismus verborgen, ihre ganze politische Impotenz.

Am Nachmittag sehe ich mir die alten Fotografien an, die Mutter 1945 vor dem Zugriff der tschechischen Miliz gerettet hat. Da ist das Elternhaus, die Insel, der Blick auf den Burgberg, Vater steht als

Gärtner im Garten, mein Bruder in der Uniform eines tschechischen Soldaten, und dann die Bilder von mir selbst, drei oder vier Jahre muß ich alt gewesen sein.

Als Kind wird man sich nur selten bewußt, daß man ein eigenes Gesicht hat. Als Kind trägt man sein Gesicht noch nicht wie ein wirkliches Gesicht, man trägt es wie der Schlehdorn seine Blüten, man weiß noch nicht, daß dieses Gesicht ganz allein einem selbst gehört. Der Erwachsene kann sich jederzeit hinter seinem Gesicht verbergen, das Kind nicht, es ist immer gegenwärtig, es kann von sich selbst nicht weggehen. Ein solches Kindergesicht kennt noch nicht den Raum zwischen hier und dort, die Zeit, die zwischen den einzelnen Lebensaltern liegt.

Ich sehe, wie das Gesicht des Kindes plötzlich zu sich selber findet, wie es groß und größer wird, sich verändert, bis es eines Tages im Gesicht des Erwachsenen kaum noch auffindbar ist.

4. Oktober

Heute morgen blickte ich beim Rasieren in den Spiegel, und plötzlich war es da, das Altersgesicht. Ein Gesicht, das die Siebzig hinter sich gelassen hat, muß man annehmen, so oder so.

Wie unterschiedlich die Menschen doch altern, bei dem einen wird das Gesicht zusammengerollt wie ein Stück Wellpappe, bei dem anderen hat man den Eindruck, als könne diesem Gesicht die mechanisch schlagende Zeit der Turmuhr nichts anhaben, es altert langsamer. Je seelenloser ein Mensch lebt, je materialistischer sein Weltbild, desto mechanischer wird die Zeit in ihm abrollen und kein Ebenbild hinterlassen. Die Liebe scheint an diesen Gesichtern vorbeigegangen zu sein.

Andere Gesichter werden im Alter offen, frei, durchsichtig wie ein Stück Seidenpapier, es ist, als wollte sich das Gesicht abheben, fortgehen und nicht mehr wiederkommen. Zu diesen Menschen kommen die Jahre nicht als biologische Zeit, hier wird die Zelle von etwas durchleuchtet, erhellt, es ist, als hätten die Gesichter die Schwerkraft überwunden, allen Ballast von sich abgeworfen, sie treten mehr und mehr aus der Erscheinung zurück, lösen sich von dem Ort, wo sie gelebt, beginnen zu entschweben, hier gibt es keinen Pendelschlag mehr, das Leben ruht aus. In einem solchen Gesicht ist alles absolut, es wird wieder schön.

Frauen, die sich im Alter liften lassen, haben vergessen, daß ein geliftetes Gesicht keine Tiefe mehr hat, es sieht aus wie ein Stück zerknittertes und wieder glattgestrichenes Papier. Das Leben läßt sich nicht liften.

Ich weiß nicht, warum ich gerade heute an den Amethysten denke, den mir Vater vor mehr als sechzig Jahren aus den Dolomiten mitgebracht hat. Immer, wenn ich voller Unruhe war, nahm ich den Stein in die Hand. Es waren schön gewachsene sechseckige Säulen mit aufgesetzten Pyramiden, die

Färbung der Kristalle war weder fleckig noch wolkig, es war ein tief violetter Stein, eine Farbe, von der eine große Ruhe ausging.

Améthystos – dem Rausch widerstehend, der Trunkenheit.

Als Knabe habe ich mich den Steinen zugewandt und nicht den Briefmarken, den Schmetterlingen. Das Sammeln von Briefmarken war mir viel zu kommerziell und das Töten der Schmetterlinge zu barbarisch.

In den Ferien trieb ich mich überall dort herum, wo ich dem gewachsenen Fels gegenüberstand, auf den Kuppen der Berge, in Steinbrüchen, den stillgelegten Schächten. Der erste Stein, den ich mir für meine Steinsammlung aus dem Altvatergebirge holte, war kein Kristall, es war der Feuerstein. Ich suchte nicht nach den neolithischen Steinen, die von Menschenhand bearbeitet waren, sei es als Meißel, Schaber oder Pfeilspitze, nein, ich suchte nach einem faustgroßen Feuerstein, er mußte glatt sein, wolkig, glashart an den Kanten. Vielleicht hatte ihn vor zehntausend Jahren schon einmal ein Mensch in der Hand. Nach dem Feuerstein war es der Rosenquarz, einen ganzen Sommer lang habe ich nach diesem Stein gesucht. Ich hatte eine ganz bestimmte Vorstellung, so groß wie eine Männerfaust sollte er sein. Eines Tages brach ihn mir Vater aus einer Felsspalte heraus. Ich war den Tränen nahe, als er mir den Stein in die Hand drückte. Ich tastete ihn mit meinen Fingerspitzen ab, hob ihn gegen die

Sonne, er war an den Rändern durchsichtig, und plötzlich begann das Licht in ihm zu blühen, als hätte ich einen Rosenstock in der Hand. Den dritten Stein holte ich mir selbst aus dem Gebirge, es war der gemeine Glimmer, das Katzengold.

Steine sind ohne Alter, sie kennen weder die Gezeiten noch wissen sie um Tod und Geburt, und doch haben sie dem Menschen etwas geschenkt, für das er ein Leben lang hätte dankbar sein müssen: sie gaben ihm den Funken, das Feuer. Obwohl selbst feuerfest, wissen die Steine um die Glut, denn sie allein wurden aus einem Glutbett geboren. Vielleicht ist es der Funke, der vom Feuerbett in ihnen zurückgeblieben ist.

Auch heute noch, wenn ich einen Stein in die Hand nehme, wird es in mir still, ganz still, zeitlos.

Am Nachmittag wurde ein junger Mann vor dem Hotel von zwei Männern zusammengeschlagen. Er blieb auf der Straße liegen. Kein einziges Auto hielt an, sie alle machten um den Verletzten einen Bogen.

Am späten Abend Spaziergang durch den Stadtpark, vor der alten Stadtmauer bleibe ich stehen. Im Frühjahr 1938 tauchten hier zum erstenmal die Zeichen der nationalsozialistischen Schutzstaffel auf. Die beiden schwarzen SS-Buchstaben waren so groß, als hätte sie ein Riese geschrieben.

Es gibt Risse im Mauerwerk, da und dort einen herausgebrochenen Ziegelstein, und plötzlich werden hinter der Mauer die Konzentrationslager sichtbar, die Bilder aus dem Archipel Gulag.

Wir sind das Vergangene und haben doch kein Zuhause, wir sind das Werdende und können doch nicht in ihm wohnen.

5. Oktober

Merkwürdige Tage waren dem Unglück vorausgegangen.

Die Weichselkirschen hingen glasig an den Zweigen, und vom Gebirge her kamen die ersten Gewitter ins Land. Ein Unwetter nach dem andern zog hoch. Ich weiß nicht, aus welchen fernen Tälern das Gebirge die schwarzblauen Zorneswolken, die schwefelgelbe Dämmerung heraufgeholt hat, es war, als wollte der Himmel in diesem Jahr bereits im Juni den Menschen drohen.

Zuerst hörte man nichts als ein leises Grollen, das aus den Bergen kam, schwerfällig rumpelte es durch die Luft. Es waren Türme, Wolkentürme, die hinter dem Gebirge hochkamen, vom Fluß aus konnte man beobachten, wie eine Wolke die andere überstieg, wie sie sich aufbauten, immer höher wurden, bis das ganze Gebirge im Schatten einer riesigen Wolkenwand dalag. Schreckenerregend rückten sie vor, schon sah man über den Bergen die ersten Flächenblitze aufleuchten, Windhosen jagten den Staub durch die Straßen, und plötzlich flog die erste magnesiumhelle Fackel quer durch den Himmel, ein Linienblitz, der die Himmelskuppel spaltete. Die ganze Stadt lag unter einem Flammenmeer, ja selbst der Fluß glich einer gleißend brennenden Fläche.

Die Nächte kamen still, die Wetter waren abgezogen, der Mond trat durch die Wolken, doch an jenem Abend konnte man sehen, wie die Wasser der Schwarzen Oppa langsam anfingen zu steigen. Noch wußte man nicht, daß an der Quelle, hoch im Gebirge, eine gewaltige Wasserhose niedergegangen war. Der nächste Tag kam heiß wie immer.

Als das Unglück hereinbrach, war ich in einem kleinen südmährischen Dorf, unweit von Znaim, bei meiner Großmutter zu Besuch. Sie feierte ihren fünfundsiebzigsten Geburtstag. Am Abend vor meiner Abreise hatte ich Eva noch einmal gebeten, mich zu begleiten, ich wußte, wie sehr sie die südmährische Weinlandschaft liebte, doch ihre Mutter hatte seit Tagen Herzrhythmusstörungen und Eva wollte sie nicht allein lassen. Als ich aus Znaim zurückkam, war alles schon vorbei. Niemand konnte mir sagen, wie es geschehen war, ein fließender Fluß läßt sich nicht mehr einholen. Was mir meine Mutter in die Hand drückte, war ein kleiner schwarzumrandeter Brief. Ich öffnete ihn, der Text vor meinen Augen flimmerte, ich konnte es nicht glauben, setzte mich an den Tisch, ich war wie versteinert, es war Evas Todesanzeige. In dieser Nacht bin ich in meiner Stadt umhergeirrt wie ein Fremder.

Am kommenden Morgen ging ich hinüber auf

die Insel, an den Fluß, wo wir in den letzten Jahren so oft gebadet haben, oberhalb des Wehres. Der Himmel war wie leergefegt, die Sonne blitzte, doch die Wasser flossen noch immer donnernd dem Brückenwehr entgegen, eine hohe lehmbraune Flut. Am Ufer hatte man einen Pfeiler in den Boden gerammt, an seinen Marken waren die Hochwasser der letzten zwanzig Jahre ablesbar.

In einer solchen Stunde muß es über sie gekommen sein. War es Leichtsinn oder hat sich der Tod ganz plötzlich ihrer erinnert, als er ihr eingab, bei Hochwasser baden zu gehen? Sie wird ihre Kleider wie immer am Fuß einer Weide zurückgelassen haben, sie wird ins Wasser gesprungen sein, ein heller, schwimmender Punkt. Wußte sie nicht, daß bei Hochwasser Strömungen aufkommen, die keiner sieht, da ist plötzlich in der Tiefe ein mächtiges Ziehen, da sind Strudel, vielleicht konnte sie sich an den herabhängenden Zweigen nicht mehr festhalten, die Strömung muß sie über das Wehr gezogen haben, was dann kam, war der Sturz in die brodelnde Tiefe. Vielleicht prallte sie mit einem treibenden Baumstamm zusammen, der ihr für Sekunden das Bewußtsein nahm. Was wirklich geschah, niemand konnte es sagen. Vielleicht hatte sie oberhalb des Wehres vergebens nach einer Weide gegriffen, es waren kräftige Bäume, die weit in den Fluß hineinragten. Ich glaube nicht, daß sich Eva aufgegeben hat, sie war eine ausgezeichnete Schwimmerin, eine Rettungsschwimmerin mit Ausweis.

Evas Mutter gab mehrere Suchanzeigen in den

Tageszeitungen auf, wo aber sollten die Suchtrupps suchen? Zwei volle Tage und Nächte hatte man die Schwarze Oppa im Visier, die Polizei und eine ganze Kompanie tschechischer Pioniere waren im Einsatz, Soldaten, die ihr Handwerk beherrschten. Am Tag gab der Himmel sein Licht, und in der Nacht waren es die Scheinwerfer, mit denen die Suchtrupps an die Arbeit gingen, zwei Tage lang fuhren sie den Fluß hinauf und wieder hinab, nachts hörte man bis in die Stadt das Tuckern der Motoren. Man war mit Bambusstangen unterwegs, suchte mit einem Netz den Grund des Flusses ab, keine Badekappe, keine Schwimmflossen, nichts, am dritten Tag wurde die Suchaktion eingestellt.

Die ganze Stadt sprach von nichts anderem als von Evas Tod. Ja, die Toten, sie treiben den Fluß hinab, eines Tages werden sie irgendwo ankommen, oder sie bleiben unterhalb der Wasseroberfläche im Wurzelwerk der Erlen hängen. Wenn der Fluß nach einem Menschen greift, läßt er ihn nicht mehr los, sagten die Alten. Sie werden vom Wasser getragen, bäuchlings oder mit dem Gesicht nach oben. Tagelang ging ich am Ufer auf und ab, wagte nicht, in das fließende Wasser zu sehen, ich stand am Ufer und starrte immer nur hinüber zum Wehr. Vielleicht hatte sich das Wasser zu ihren Füßen geteilt, und sie ist trockenen Fußes am anderen Ufer angekommen.

Evas Mutter wartete in ihrer Verzweiflung eine Woche lang in der Wohnung auf ihre Tochter, dann reiste sie zu ihrer Schwester nach Buchs, in die Schweiz. Ich brachte sie mit ihrem Gepäck an den Bahnhof. Wir sahen uns nie wieder.

Vierzehn Tage später tat ich etwas ganz Irrsinniges: ich pochte nachts an Evas Tür, niemand öffnete, ich rief ihren Namen, keine Antwort, ich schlug das Türfenster ein, hörte, wie das Glas auf dem Dielenboden splitterte, alles blieb still.

Warum hat die Mährische Eberesche Eva nicht vor dem Tod bewahrt, man sagt dem Holunder und der Eberesche doch so vieles nach.

Vor dem Einschlafen Schnee, nichts als Schnee, die Latschenkiefern zugeschneit, die Fichtenschonungen bis an die Spitzen unsichtbar, unsere Bretter glitten wie von selbst über den meterhohen Schnee, und an den Skihosen froren die Schneekristalle fest.

Eva, erinnerst du dich noch an das Gebirge, an den Schneesturm auf dem Kepernik, an die Sternennacht auf der Hochschar, wir standen am Fenster und zählten die Sternschnuppen ...

Wenn ich heute deinen Namen ausspreche, geht durch deinen Schatten immer noch der Rauch der Verbrennungsöfen.

6. Oktober

Heute nacht habe ich von meinem Vater geträumt, ein Schläfer ohne Schlaf, ein Toter, der mit mir reden will.

Jeden Morgen kaufte er sich auf dem Weg in die Fabrik zehn Stück Zora, in einem Tabakladen, wo in der Auslage die schwarzen Virginias lagen.

In den Sommermonaten trug Vater immer einen Rock aus grauem Lister. Den Genüssen des Lebens stand er skeptisch gegenüber. Wenn ein Bettler an der Haustür vorsprach, ein Kesselflicker aus der Slowakkei, gab er gern mit offener Hand.

Mitte September hat Vater mit anderen Männern an den Ausfallstraßen der Stadt Panzersperren gebaut. Im Oktober, als die deutschen Soldaten die Grenzsteine mit den Farben weiß-rot-blau herausrissen, stand er am Fenster und schrie: Mutter, ich kann so nicht mehr leben, die Faschisten bringen uns den Krieg ins Land.

In jenem Herbst ging für meinen Vater eine Welt zugrunde. Zum erstenmal in meinem Leben ahnte ich etwas von der unermeßlichen Einsamkeit, die über einen Menschen hereinbrechen kann, wenn er sich in seinem eigenen Land nicht mehr zu Hause fühlt.

Das alles ist lange her, andere Kriege haben uns eingeholt, doch Vater steht immer noch am Fenster …

In der Mittagsstunde gehe ich an der Goldenen Oppa entlang in Richtung Komeise. Der Himmel über dem Land ist von einem blassen luftigen Blau. Das niederfallende Licht stürmt von den Bergen herab über die Felder, durch die Bauerngärten, wo die Astern blühen, spielt mit den Zweigen der

Apfelbäume, mit den gekalkten Wänden der Häuser.

Der Weg führt mich an der großen stählernen Eisenbahnbrücke vorbei. Hier hangelten wir als Buben an den breiten Eisenträgern von der einen Uferseite auf die andere. Ein paar hundert Schritte weiter, wo einst die alte hölzerne Brücke stand, die die Grenze zwischen der Tschechoslowakei und Deutschland anzeigte, eine Betonbrücke. Es ist fast wie in meiner Kindheit, Grenzsoldaten hier, Grenzsoldaten auf der anderen Seite, und in der Mitte der Fluß. In meiner Kindheit war immer einer da, der ohne Warnung das Feuer eröffnete. Hinter den Bäumen in Deckung gehen, sich auf den Boden werfen, das hatte man uns rechtzeitig gelehrt. Viele sind damals von drüben gekommen, mußten fliehen, wenn sie nicht für immer in einem Lager verschwinden wollten. Sie wagten die Flucht über das Gebirge bei meterhohem Schnee. Die Schüsse der deutschen Grenzposten brannten ihnen kleine runde Löcher in die Lunge. Heute haben die Grenzer ihre Hände in den Hosentaschen, lässig hängt über der Schulter die Maschinenpistole. Sie sind froh, wenn ein Spaziergänger stehenbleibt und sich mit ihnen unterhält. An der Grenze ist heute nichts mehr los, sagt ein tschechischer Soldat zu mir. Der Schmuggel mit Zigaretten und Schnaps ist lange schon unrentabel geworden. Vielleicht warten die Schmuggler auf bessere Zeiten, auf die Droge, und die Grenzsoldaten auf die Asylanten.

Was zum Teufel treibt mich überhaupt nach Komeise. Sind es die Kuhfladen, die auch heute noch mitten auf der Dorfstraße liegen, ist es der Marktplatz mit den Katzenköpfen, oder die Dorfschenke, wo die Tische aus Buchenholz gezimmert, die Lampenschirme immer noch aus emailliertem Blech sind und wo man für ein paar Kronen einen Schoppen mährischen Weißwein ausschenkt, der keinen schweren Kopf macht.

Ich gehe an den weißgetünchten Bauerngehöften vorbei, ein Durchblick zum Garten, das Blühende ist zu dieser Jahreszeit selten geworden, der Kirchturm schaut in die Höfe hinein, der Glockenschlag wie aus einer anderen Welt. Ja, hier muß es gewesen sein, im Herbst 1944, bei meinem letzten Heimaturlaub. Ich hörte im Schulhof ein paar Kinder einen eigenartigen Vers psalmodieren. Der tägliche Luftkrieg über den Dörfern und Städten wurde zu einem Abzählreim:

> Achtung, Achtung, ohne Ende,
> überm Kuhstall sind Verbände,
> überm Schweinestall die Jäger,
> morgen kommt der Schornsteinfeger ...

Auf dem Rückweg sehe ich im Weidengebüsch einen schlafenden Rehbock, der kurze Kopf ruht auf den Vorderläufen, die Lichter sind geschlossen, sein Gehörn hat breite Rosen und stark bepackte Stangen. So lautlos, wie ich gegen den Wind gekommen bin, gehe ich zurück. Das Tier liegt unbeweglich, zum Greifen nah.

An einem Bauerngarten bleibe ich stehen und

sehe zu, wie ein alter Mann die Oktoberäpfel erntet. Sorgsam legt er Stück für Stück in eine Kiste mit Holzwolle.

Vergebens habe ich in den letzten Jahrzehnten Ausschau gehalten nach einem Menschentum, das den politischen Raum des Lebens gerecht und sinnvoll ausfüllt.

Heute geht es nicht um Konföderation oder Beitritt, das Schicksal von Millionen Menschen steht auf dem Spiel. Der Ernst der Lage wird von den Krämern der Freiheit, den listigen Stimmenfängern der Demokratie, die die Wiedervereinigung nur als Zahl begreifen, heruntergespielt. Was im Herbst 1989 geschah und in den Jahren danach, läßt sich nicht mit steigenden Aktienkursen ins Gleichgewicht bringen. Die Politiker fahren weiterhin auf den alten eingefahrenen Gleisen und merken nicht, daß der Unterbau morsch geworden. Über Nacht wurde auch ihnen das Feindbild genommen, und plötzlich stehen sie dem eigenen Spiegelbild gegenüber. Was uns in Deutschland heute begegnet, ist das Gesicht einer späten Demokratie, in das die Selbstsucht, Korruption, aber auch die politische Lüge ihre Züge eingebrannt hat. Wir erleben eine Mehrparteiendiktatur, ihre Funktionäre fürchten den Runden Tisch, die Basis-Demokratie genauso wie der Teufel das Weihwasser.

Zwei Tage und zwei Nächte hat Mutter in der Leichenhalle zu Marktoberdorf gelegen, es war Januar, und das Thermometer zeigte achtzehn Grad unter

Null. Die Wangen waren eingefallen, die Augen lagen in der Tiefe, und doch war mir ihr Gesicht bis in die letzten Züge vertraut. Es war ein Gesicht, das die Zeit bereits hinter sich gelassen hat, es lag außerhalb der Zeit, ein Gesicht, das zur Ruhe gekommen war.

Jedes Gesicht möchte am Ende seines Lebens zu sich selber kommen. Hinter Mutters Totenmaske warteten aber auch noch die anderen Gesichter ihres Lebens, das Mädchengesicht, das Gesicht der Frau, der Mutter, der Geliebten, und sie alle möchten zurück in die Hand des Schöpfers.

Die Erde im Gesicht des Menschen muß ganz Himmel werden.

7. Oktober

Heute, vor vierundfünfzig jahren, am 7. Oktober 1938, knatterten im scharfen Oktoberwind die Hakenkreuzfahnen auf dem Rathausplatz meiner Vaterstadt, es hörte sich an wie Maschinengewehrfeuer vor den Toren der Stadt.

Ehe die Kastanienröster unter den Lauben ihre Öfen aufstellten, wurde die Krone als Zahlungsmittel aus dem Verkehr gezogen, über Nacht verordnete man dem Land die Deutsche Reichsmark.

Eva wäre im Oktober zwanzig Jahre alt geworden. Ich weiß, man kann Wasser nicht umgraben, sie ist für immer im Fluß untergetaucht, doch sein Fließen hält an.

An diesem Tag ging meine Jugend zu Ende.

Am späten Nachmittag gehe ich noch einmal auf den Burgberg. In großer Ruhe liegt das Gebirge da, keine Wolken, der Himmel ist ohne Bewegung, die Sonne fast schon hinter den Bergen, noch aber liegt ein zarter Rosenschimmer auf den Kuppen, im Osten dagegen ist das Himmelszelt von einem dunklen Perlmutterglanz. Und plötzlich sind sie wieder da, die Rabenvögel, wie damals, an jenem Novembernachmittag im Herbst 1944.

Es begann mit den Krähen, der Himmel war klar und der Pulk riesengroß. Immer wieder flogen sie den Burgberg an. Der Flug dieser großen rabenschwarzen Vögel war so überwältigend, daß ich wie gebannt dastand. Tief unter meinem Blick die Stadt mit den Kirchtürmen, den Häusern, den Fabriken. Die ganze Landschaft unterhalb des Stadtberges sah ziemlich trostlos aus, die Blätter an den Bäumen waren abgefallen, die Äste naß, schwarz, und die Krähen hingen über dem Berg und schrien. Plötzlich sah ich, wie fremde Soldaten die Menschen aus den Häusern meiner Vaterstadt trieben. Wie angewurzelt blieb ich stehen. Es gab keine Planwagen, keinen Flüchtlingstreck, ohne Hab und Gut wurden sie auf die Straße gejagt, ich hörte ihre Schreie, sie gingen mir durch Mark und Bein. Ich konnte diese Bilder zeitlich nicht einordnen, war es ein Judenprogrom, eine Szene aus dem Dreißigjährigen Krieg? Ein paar Sekunden später, und die Vision brach in sich zusammen, was zurückblieb, war eine gewaltige Staubfahne, die sich langsam auf das Gebirge zu bewegte.

Was war geschehen? War es der Flug der Rabenvögel, der mir für einen Augenblick lang das Himmelsfenster aufgestoßen, hatte sich die Zeitenordnung verschoben, oder hat die Zukunft bereits solche gewaltige Dimensionen angenommen, daß ihre Bilder bis in die Gegenwart überlappten? Der Mensch allein hat die Möglichkeit, durch eine Art von Hellsichtigkeit Zukunft vorwegzunehmen, er tritt in Bezirke ein, die bisher nur seinem Engel vorbehalten waren. Zweimal habe ich in meinem Leben einen solchen Augenblick erlebt, 1943 vor meinem Einsatz auf Sizilien und im Herbst 1944 bei meinem letzten Heimaturlaub. Da brach durch die Kruste der Zeit etwas hindurch, ein Stück von meinem Schicksalsfaden wurde sichtbar. Die Ufer des Flusses traten zurück, der Zeitenfluß hatte keine Dämme mehr.

Als ich gegen Abend zurück in die Stadt ging, glich der Himmel einem farblosen Scherben.

In der Nacht kommt sie auf mich zu, die Trostlosigkeit der Dinge, ich höre den Schrei der Bäume, der Steine, der Kreatur.

Sieben Monate später brach die Vertreibung über meine Vaterstadt herein, es war die Zeit der Plünderungen, der Durchgangslager, der Todesmärsche. In diesen Tagen hatte die tschechische Miliz so manche Bestialität von der SS übernommen: die Exekution, den Genickschuß, das Aufhängen der Menschen mit dem Kopf nach unten, wer beim

Marsch über das Gebirge am Wegrand sitzen blieb und nicht mehr weiter konnte, bekam den Fangschuß, den Gnadenschuß. Ich nenne als Zeuge die Berge, die Flüsse, den Himmel.

Alles hat man unseren Eltern genommen, die Kirchtürme mit den Glocken, die Industriegebiete, die Bauernschränke mit dem weißen Linnen, die Ratshäuser, die Werkstätten der Handwerker, alles mußte im Land zurückbleiben, auch die Geigen, die Flöten, die Bücher und nicht zuletzt die Bilder in den Museen. Ja selbst auf den Friedhöfen haben sie vor den versilberten Engeln nicht haltgemacht, sie haben sich fremde Marmorstatuen auf ihre eigenen Gräber gestellt, und so manchem namhaften deutschen Glasbläser hat man später in den Museen einen tschechischen Namen gegeben. So war es gewesen, Eva, nicht anders.

Am Rande der Milchstraße existiert ein riesiges schwarzes Loch, zehntausendmal größer als die Sonne soll es sein. Vielleicht hat die Schöpfung in diesem schwarzen Loch sämtliche Grausamkeiten eingefangen, die der Mensch bis heute auf der Erde getan.

Politika II

Kein anderes Wort hat in der Geschichte der Völker so viele Menschenleben gefordert wie das Wort Vaterland.

Was bedeutet die Einheit Deutschlands gegenüber der Apokalypse, die mit dem Ozonloch ihren Anfang nimmt? Die Politik muß zu einem Mandat des Himmels und der Erde werden und nicht nur zu einem Mandat der Parteien.

Wir werden zu einem einfachen, bescheidenen Leben zurückkehren müssen, es wird das Kennzeichen einer neuen Aristokratie sein. Die Zukunft liegt im Verzicht, nicht in der Fülle.

Der Mensch sieht nicht nur mit den Augen, dem Herzen, dem Verstand, er sieht immer auch mit seinem ganzen Schicksal. Wer dem Schicksal Augen verleiht, für den wird das Leben durchsichtig.

Goethes Forderung »Die Vergeistigung des Politischen und Militärischen« wird von den Politikern bis heute ignoriert.

10. Oktober

Es muß weit nach Mitternacht sein, der Wind springt um, ich höre, wie er durch die Straßen fegt. Am Morgen traue ich kaum meinen Augen, in den Bergen ist der erste Schnee gefallen, die Gipfel leuchten blühend weiß, wenn die Sonne durch die Wolken bricht, ein flimmerndes Gleißen.

Es ist an der Zeit, den Koffer zu packen.

Nach dem Frühstück gehe ich durch die Innenstadt, über den Marktplatz, durch die Lauben. Damit die alten Gassen und Plätze noch einmal bei ihrem Namen genannt werden, schreibe ich sie auf: Heilige-Geist-Gasse, Marienweg, Burgbergstraße,

Minoritenplatz, Bäckengasse, Herrengasse, Tempel-Ring, Schloßgasse, Schanzengasse, Pförtelgasse und nicht zu vergessen die Schwarze und die Goldene Oppa, das Brückenwehr, die Insel ...

Am späten Nachmittag Lektüre. Ich weiß nicht mehr, wann und wo ich zum letztenmal Grillparzers Trauerspiel »Libussa« gelesen habe, es muß Jahrzehnte zurückliegen. Ich stehe auf und hole mir aus dem Koffer das Taschenbuch, schlage es auf. Auf jeder zweiten Seite habe ich damals etwas angestrichen, mit Ausrufezeichen versehen. Da sind die Worte von Primislaus aus dem dritten Aufzug:

> Man sage nicht, das Schwerste sei die Tat,
> Da hilft der Mut, der Augenblick, die Regung:
> Das Schwerste dieser Welt ist der Entschluß.

Ein paar Seiten weiter finde ich das Gespräch zwischen Tetka und Kascha, Libussas Schwestern:

> Tetka:
> Wer seine Schranken kennt, der ist der Freie,
> Wer frei sich wähnt, ist seines Wahnes Knecht.
> Kascha:
> Hoffst du durch Überzeugen dich geschützt?
> Es billigt jeder das nur, was ihm nützt.

Und plötzlich sind auch die Worte der Libussa wieder da, ihre Worte über das Recht. Für Grillparzer war Libussa keine historische Gestalt, sie war ein lebendiges Geisteswesen, das sich zu Wort gemeldet hat, um den Menschen Hilfe anzubieten, denn nur in wenigen Individuen lebt das Menschengeschlecht sein Schicksal ganz.

Von allen Worten, die die Sprache nennet,
Ist keins mir so verhaßt als das von Recht.
Ist es dein Recht, wenn Frucht dein Acker trägt?
Wenn du nicht hinfällst tot zu dieser Frist,
Ist es dein Recht auf Leben und auf Atem?
Ich sehe überall Gnade, Wohltat nur
In allem, was das All für alle fühlt,
Und diese Würmer sprechen mir von Recht?
Daß du dem Dürft'gen hilfst, den Bruder liebst,
Das ist dein Recht, vielmehr ist deine Pflicht,
Und Recht ist nur der ausgeschmückte Name
Für alles Unrecht, das die Erde hegt.
Ich les in euren Blicken, wer hier trügt,
Doch sag ich's euch, so fordert ihr Beweis.
Sind Recht doch und Beweis die beiden Krücken,
An denen alles hinkt, was krumm und schief.
Vergleicht euch! sonst zieh ich das Streitgut ein
Und lasse Disteln säen drauf und Dornen
mit einer Überschrift: Hier wohnt das Recht.

Die Erde könnte das Vorzimmer Gottes sein, doch die Menschen haben sich für den Hinterhof entschieden.

12. Oktober

In einer guten Stunde fährt der Zug nach Olmütz, und ich sitze immer noch in meiner Klosterzelle und höre auf den Schrei der Dohlen. Während des Krieges, wenn der Heimaturlaub zu Ende ging und ich zurück an die Front mußte, haben sich meine Eltern mit mir noch einmal in die Küche gesetzt, wir haben uns die Hände gegeben und eine Minute lang geschwiegen. Heute ist keiner mehr da, der seine Hand mir entgegenstreckt.

Ich werde meine Aufzeichnungen in der Finnhütte zu Tambach noch einmal überarbeiten, ich werde täglich Holz hacken, Berge von Holzkloben liegen vor der Tür, und die Flüsse, die aus den Bergen kommen, die Spitter und die Apfelstädt in Tambach-Dietharz, die Schwarze und die Goldene Oppa hier, sie sollen nicht versiegen, alle Wasser der Erde sollen fließen.

In wenigen Minuten werde ich das Zimmer verlassen. Den Blick auf die beiden Türme der Pfarrkirche werde ich mitnehmen, und der Schrei der Dohlen soll mir Zeuge sein, solange ich lebe. Das Laub, das in den letzten Tagen von den Bäumen fiel, wird man zusammenfegen, die Häher werden in den kahlen Baumkronen schreien, Eva und ich werden den Mantelkragen hochschlagen und noch einmal durch den Kreuzgang gehen. Wenn das Tor hinter uns zufällt, wird uns keiner unsere Herkunft ansehen, zwei Druchreisende, die ihr Leben hinter sich haben. Wem bisher kein Licht aufgegangen ist, dem wird es auch in Zukunft nicht aufgehen. Das Leben gehört niemals dir allein, es gehört immer auch dem anderen, und das Wort, das wir zueinander sprechen, ist dazu da, um ein wenig Licht in diese Welt zu bringen, um den Menschen heimzuleuchten, damit sie sich im Labyrinth des Lebens nicht verirren. Heimleuchten – ein schönes Wort. Und wenn wir dann in den Bus steigen, werden wir uns nicht mehr umdrehen, wir werden wie zwei Fremde von hier fortgehen, denn keiner von uns hat die Absicht, eines Tages wiederzukommen …

RECLAM BIBLIOTHEK

Hanns Cibulka
Ostseetagebücher

248 Seiten. RBL 1398. 16,– DM
ISBN 3-379-00693-9

Hiddensee, das historisch gänzlich unberührte, gleichwohl anheimelnde Eiland westlich vor Rügen. Hanns Cibulka, der als Soldat Sizilien kennengelernt hatte, betritt Hiddensee im Bildungsschatten der Antike. Er arbeitete lange Jahre über als Bibliothekar in Gotha. Er geht mit Goethe, mit Platen, vor allem aber mit Gerhart Hauptmann, der auf Hiddensee begraben liegt, vertraut um. Seine Distanz zu Menschen und Dingen wächst in der Landschaft, die der Maler Caspar David Friedrich öfter aufbewahrt hat. Es werden kleine Geschichten von Menschen erzählt, wenn man sich abends beim Wein trifft, Erlebnisse, Beobachtungen fast von heute, allerdings aus einem verspäteten Land. In ihnen hält ein Verehrer des Gegensätzlichen kenntnisreich Zwiesprache mit der Natur.

Konrad Franke in: Süddeutsche Zeitung

RECLAM BIBLIOTHEK

Über Deutschland

Schriftsteller geben Auskunft

Herausgegeben und mit einem Vorwort von
Thomas Rietzschel

176 Seiten. RBL 1486. 20,– DM
ISBN 3-379-01486-9

Fünfzehn Schriftsteller machen sich Gedanken über Deutschland, äußern sich zur Lage der Nation, über die von Politikern Verläßliches schon lange nicht mehr zu erfahren ist. In hier erstmals veröffentlichten Essays, Reden, Reportagen betrachten und reflektieren die Autoren »Deutsche Zustände«. Wie bereits vor zweihundert Jahren in einer Preisschrift geschehen, die sich mit den »Hindernissen des Selbstdenkens in Deutschland« befaßte, versucht man, Positionen und »Barrieren im Geiste« neu zu beschreiben. Es sind kontroverse Denkergebnisse, zu denen die Autoren finden, wenn sie Anstoß nehmen an Gegenwärtigem.

Mit Originaltexten von: Günter de Bruyn, Kurt Drawert, Horst Drescher, Jiří Gruša, Thomas Hettche, Wolfgang Hilbig, Sarah Kirsch, Wulf Kirsten, Günter Kunert, Herta Müller, Chaim Noll, Thomas Rosenlöcher u.a.

RECLAM BIBLIOTHEK

Das Ghettotagebuch des Dawid Sierakowiak

Aufzeichnungen eines Siebzehnjährigen 1941/42

Aus dem Polnischen.
199 Seiten. RBL 1459. 16,– DM
ISBN 3-379-01459-1

Dawid Sierakowiaks Tagebuch ist das Protokoll eines angekündigten Todes; insofern mag man es mit dem der Anne Frank vergleichen. Doch anders als bei ihren Aufzeichnungen aus dem Amsterdamer Hinterhaus spürt man in seinen Beobachtungen wenig literarischen Ehrgeiz. Er notiert lakonisch, fast monoton und in dieser Monotonie um so bedrückender die schleichende Arbeit des Todes und das eigene Aufbegehren dagegen. Die Tag-für-Tag-Chronik, die dabei entsteht, zeigt, selbst als Fragment noch, wie sich das Ghetto allmählich in ein Konzentrationslager, das Konzentrationslager in ein Arbeitslager und das Arbeitslager in ein Vernichtungslager verwandelt.

Benedikt Erenz in: DIE ZEIT